ザ・藤川家族カンパニー3

漂流のうた

響野夏菜

集英社文庫

目次

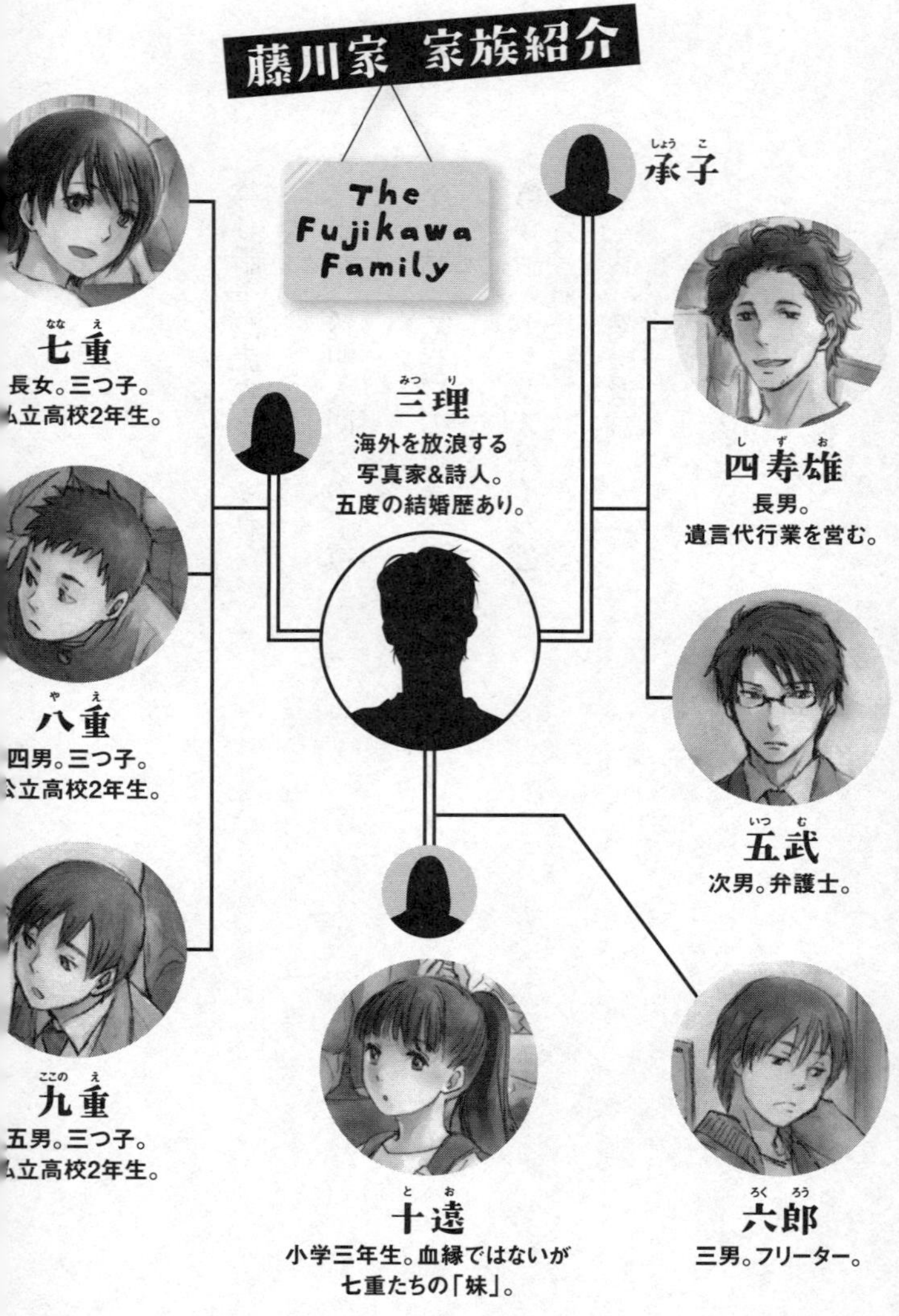

藤川家　家族紹介
The Fujikawa Family
承子《しょうこ》
七重《ななえ》
長女。三つ子。
立高校2年生。
三理《みつり》
海外を放浪する
写真家&詩人。
五度の結婚歴あり。
四寿雄《しずお》
長男。
遺言代行業を営む。
八重《やえ》
四男。三つ子。
立高校2年生。
五武《いつむ》
次男。弁護士。
九重《ここのえ》
五男。三つ子。
立高校2年生。
十遠《とお》
小学三年生。血縁ではないが
七重たちの「妹」。
六郎《ろくろう》
三男。フリーター。

ザ・藤川家族カンパニー3

漂流のうた

第0話　漂流のまえぶれ

――こんなに大きかったっけかなぁ。

朝の満員電車に揺られながら、高校二年生の藤川七重《ふじかわななえ》は弟の九重《ここのえ》を見上げた。

七重は三つ子で、八重《やえ》、九重という二人の弟がいる。八重は自転車で通える距離の公立高校に進学したが、七重と九重は電車通学だ。学校は違うがかかる時間がほぼ同じため、毎朝二つ先の乗り換え駅まで一緒に通っている。

残暑の厳しい今朝も、息苦しい車内でひたすら目的駅を待っていた。電車が揺れて背中から押され、九重に支えられてふと気づいたのだ。

中学生の頃は、ほとんど身長が変わらなかったのに。

九重は今年になってぐんと背が伸び、肩や顎のラインも、骨ばって男らしくなった。

「なに？」

「ううん、なんでもない」

怪訝《けげん》そうに見下ろされ、七重は首を振った。このモヤモヤとした気持ちを、話してわかってもらえるとは思えない。

乗り換え駅で、七重と九重はほかのお客さんたちと一緒にホームに吐き出された。

階段を下りたところで、二人の行き先は分かれる。七重はJRへの乗り継ぎ改札を通り、九重は出口改札を出た後、ほかの私鉄に乗り換えるのだ。

「じゃあな」

「うん」

いつもなら見送ったりしない七重だが、今日はなんとなく足が止まってしまった。

九重は七重から離れたとたん大股になった。校名入りのナイロンバッグを肩に担ぎ直して、定期券を自動改札機に触れる。

すると、改札口の先で待っていた少女が九重に近づいた。同じ高校の制服だ。

肩を覆う長さの髪をまとめた、赤いチェックのシュシュが目に留まる。

九重は、笑顔の少女と肩を並べて歩き始めた。

その親密な雰囲気に、七重は嫉妬に似た気持ちを覚える。

彼女かぁ。

七重たちはあと数ヶ月で、十七歳。交際相手がいてもおかしくない年齢だ。

頭ではそう理解できるけれど、感情がついていかない。

九重はもう、膝をすりむいてべそをかき、絆創膏《ばんそうこう》を貼《は》ってやった弟ではないのだ。

そのことに、七重は一抹の寂しさを感じていた。

☆

ここは神奈川県横浜市。

黒船の時代から栄えた伝統的な地区の、とある幹線道路沿いに、もとは診療所だった木造モルタルの二階屋がある。

築五十年のこの家には、五男二女の「きょうだい」が暮らしていた。

磨《す》りガラスのはめられた引違戸《ひきちがいど》の玄関には、合板のプレートに色とりどりに塗られたアルファベットを手貼りした、こんな表札がかけられている。

第1話　透明人間への遺言

1

である。

「テンちゃんはまたそんなこまっしゃくれた、もとい大人びたことを――」

十遠《とお》がまじめな顔をして言うものだから、七重は呆気《あっけ》に取られてしまった。

「成長って寂しいですよね」

十遠は九歳、小学三年生だ。ちょうど二年前に藤川家に加わった、七重たちの「妹」である。

五男二女の七人が暮らす藤川家は、いわゆる「複雑な家庭」だ。長男の四寿雄《しずお》と次男の五武《いつむ》が父の初妻の子、三男の六郎《ろくろう》が後々妻の子、長女の七重、四男の八重、五男の九重が後々々妻の三つ子という異母きょうだいで、二女の十遠はある事情から同居している「異父母」きょうだいという構成である。

十遠はシングルマザーの母親と二人暮らしの頃、年齢以上の振る舞いを要求されていたせいか、ドライで達観したところがある。

「なにか、そう思うに至るような出来事でもあったの？」と七重が問うと、キッチンで夕食に使うキャベツをフードプロセッサーに入れながら十遠が応じた。

「最近、四寿雄お兄さんがもの悲しそうなんですよね。で、その理由が九重お兄さんにカノジョが出来たからみたいで」

「あー」

「知っていたんですか、お姉さん？　珍しいですね」

まるで「いつもは鈍い」と言いたげな十遠の台詞《せりふ》に内心むっとしながら、七重はパックされた挽肉《ひきにく》をボウルにあけた。

夕食のメインは餃子《ギョーザ》だ。野菜を嫌う男性陣の健康を考え、通常は入れない人参や椎茸をこれでもかと仕込んだ「藤川家風」である。

「四寿雄お兄さんが、クーお兄さんのことを『大人になっちゃったんだなぁ』って」と十遠が言った。

煙草《タバコ》をくゆらせながら、しみじみつぶやく姿が容易に想像できる。しかし、七重たち三つ子が四寿雄と暮らすようになったのは、中学に上がる年からだ。

「感慨深く言われるほどでもないような気がするけど」

「まあ、四寿雄お兄さんですからね」

小さな感動は大きく、大きな感動は号泣レベルにまで盛り上げる、お騒がせな性格である――と十遠は言いたいらしい。

「お姉さんは、クーお兄さんのカノジョって見たことあります？」

フードプロセッサーを止めた十遠が、みじん切りになったキャベツの水気を絞りながら訊《き》いた。

「たぶんあの子かなぁ、っていう程度にはね」

七重は伸びかけの前髪をまとめているシュシュを意識した。赤いタータンチェックのシュシュは「彼女」がつけていたものと似ている。かわいく見えたし、印象に残っていたため、雑貨屋で同じようなものを見かけたとき、つい購入してしまったのだ。ただし七重はショートヘアなので、普段はアクセサリー代わりに手首にはめて使っている。

廊下から足音が聞こえ、長兄の四寿雄がキッチンに顔を出した。

「おー、今日は餃子かぁ」

カウンターに山と積まれた袋入りの餃子の皮を見て、四寿雄が相好を崩した。

「シズオちゃんて、いまヒマ？　ヒマだったら、包むの手伝ってくれない？」

食べ盛りを含む七人の夕食だ。包む餃子は二百個を越える。

「これ開けていいのか？」と袋に手を伸ばした四寿雄に、七重はぴしゃりと言った。

「手を洗ってきてからにして」

キッチンのシンクで手を洗った四寿雄が、袋から皮を取り出してカウンターに並べ始めた。七重はその奥に肉だねの入ったボウルを置き、スプーンで肉だねに八分割の筋を入れる。

「一区画で二十五個目安ね」

あとは十遠と三人で、もくもくと餃子を作った。七重と十遠が十個包む間に四寿雄はやっと二つといったスピードだが、珍しく手伝ってくれているのだからよしとしよう。四寿雄はようやっと包んだ餃子をためつすがめつした。どうやら出来映えに満足しているらしい。

「そうだ。さっき仕事が入ったぞぅ」

「わざわざ報告するってことは、本業の、ってことだよねシズオちゃん？」

七重は訊いた。

四寿雄は自宅で便利屋をしている。が、本人いわく、それはあくまでも「余暇を活《い》かした副業」で、本業は「遺言代行」だ。

「ザ・フジカワ・ファミリー・カンパニー」が請け負うのは、さまざまな事情から生前に叶《かな》えることの出来なかった依頼人が、死後に託した「願い」である。

着眼点はなかなか面白いが、経営理念はいただけないと七重は思っていた。

まず、仕事の性質上前払いになる請負料が、きちんと決まっていない。基本料金すらなく、依頼者の志、「気持ち」次第なのである。

そのため、いつになっても経営は安定する気配もない。

次に、「願い」を叶えるのに不可欠な依頼者の「情報」や「背景」を、四寿雄は正確に聞き出そうとしないのだ。むしろ「言いたくないことは言わなくていい」「嘘《うそ》を言ってもいい」などと、仕事の邪魔にしかならないような宣伝文句を謳《うた》っているので、始末に負えない。

さらに四寿雄は、その代行業に弟妹を徴集していた。一応「アルバイト」という名目はあるものの、まともな金額のバイト料を支払われたためしはない。

そういう事情があるので、七重は兄をうさんくさい目で見た。またきょうだいを面倒に巻き込むつもりなんだな、というのが本音だ。

「シズオちゃん、もうあたしたち高二なんだよね」

そろそろ進路を絞り込み、そこへ向けて本格的に動き出さねばならない時期だ。

否、志望校によっては遅すぎるかもしれない。

「あれぇ？　お姉さん。受験するつもりなんですか？」と十遠が不思議そうに訊いたのは、七重が私立大学付属の一貫校に通っているからだろう。

「いや、いまのところ、しないつもりだけど」

校風に不満もないし、就きたい職業があるわけでもないので、だらだらと大学まで進学する予定でいる。

十遠はそれを見越していたようで、「なぁんだ」と無邪気そうに応じた。「じゃあ、高二でも関係ないですよねー」

マウンティングされている、と七重は感じた。同居を始めた頃に比べたら嘘のように仲良くなったのだが、十遠は時々こんなふうに優位に立とうとするのだ。

とはいえ、どうやら相手を見てやっているらしいので、七重は小憎らしいと思いつつも「これも十遠の個性」と思うようにしている。

「そりゃあ受験はないけどさ、ある程度の成績は必要なんだよテンちゃん」

テンちゃん、というのは十遠の愛称だ。

「クーの学校なんかは、あたしのところよりも内部進学の条件が厳しいし、八重は公立だから受験あるし」

「そのことだけどなぁ。八重はまた公立一本しか受けないつもりなのか？」

四寿雄が「また」という言い方をしたのは、高校受験の際にも公立単願という無謀な賭けに出たからである。

「なんか、そう言ってるよね。あれってもう、単なる意地なんだと思う」

八重は中学受験に失敗し、公立中へ進んだ過去がある。それ以来、頑《かたく》なに私立校への進学や受験を拒んでいるのだ。

「このまま行くと、八重お兄さんって公務員になるしかないですよね」という十遠の指摘で、七重もそれに気づいた。

「たしかに、就職時に民間会社を拒否すれば、必然的に公的職業に就かざるを得ないよね。あるいは、シズオちゃんみたいな自由業か。出来ればやめてほしいけど」

「なんだとぅ」と頰を膨らませた四寿雄に七重は言った。

「だってシズオちゃん。家族経営の自営ならともかく、このご時世に家族に三人も自由業がいるって、すっごい冒険だよ」

きょうだいの父である藤川三理《みつり》は、「自然写真家兼ロマンス詩人」というわけのわからない肩書きで活動している。幸いなことに、いまのところ「売れっ子」の仲間入りをしているけれど、人気がいつまで続くかなど神ですら与《あずか》り知らぬことだ。

そこへ持ってきて、副業でどうにか小遣い稼ぎをしている四寿雄がいる。さらに八重まで何の保証もない職業を選ぶのは危険だ、と言わざるを得ない。

「やりたいことがあるなら、兄ちゃんは応援するぞぅ」

「応援ならあたしもするよ。でも、不安に思うのは別」

「七重お姉さんって、ちょっとお母さんぽいですよね、そういうとこ」

十遠がバットいっぱいに並んだ餃子の上にラップをかけた。こうしておかないと、積み重ねた時に餃子同士がくっついてしまうのだ。

「ああ、うん。そうかも。自分をお姉ちゃんだって意識してきた時間が長いし、実の母は亡くなっているから」

指摘された七重は素直に認めた。いまだ弟たちを「庇《かば》わなくちゃ」と思ってしまうところは、欠点だと思っている。

そろそろ、家族から離れる時期なのだろう、と七重は感じ始めていた。小学六年の時に、不慮の事故で母と胎内にいた末の弟を失って以来、がむしゃらに「家族」ばかりを気にかけていたように思う。

すでに、九重は外の世界に目を向け始めているんだ。

カノジョと歩調を合わせる九重の姿が蘇《よみがえ》り、七重は焦りを封じるように餃子包みに精を出した。

☆

みなが夕食を終える頃、三男の六郎が帰宅した。

「あ――、すっげ疲れた」

長い廊下を通ってダイニングルームに現れるなり、黒いナイロンのリュックを部屋の隅に放り出す。

「なにマジ今日、餃子？　手抜きって言いません、こういうの？」

テーブルの上の料理を目にするなり、さっそく文句を言う。

「うぜぇよ六郎」と八重が言い、「具から手作りだもん。手なんか抜いてないよ」と七重は受け流した。いつものことなのだ。

二年間の在宅浪人に見切りをつけた六郎はこの春、ゲーム関係の専門学校に入学した。志望動機はさだかではないが、あまりほめられたものではなさそうだ。そのせいか授業に興味を持てず、周囲にもなじめていないようで、帰宅と同時にこんなふうにストレスを吐き出している。

謂《い》われのない非難はもちろんカチンとくるけれど、七重はつとめて相手にしないようにしていた。

家族が形ばかりの注意しかしないのも、不本意ながらも六郎が学校に通う意思をみせたからである。浪人時代はコンビニに行くことすらまれで、自室に引きこもるかリビングの大画面テレビで殺戮《さつりく》ゲームをしているかだったのだ。

そこからすれば大進歩で、せっかくの意欲をつぶしたくない、と誰もが思っていた。

「六郎お兄ちゃん、たばこ吸うの?」

Tシャツにしみついた煙のにおいを嗅ぎ取った十遠が訊いた。「周りがな」と餃子を頬張りながら六郎が応じる。

席を立った四寿雄が自室兼事務所に戻り、ノートパソコンとケーブル類、茶封筒を手に戻ってきた。

中身は依頼者に書いてもらった「遺言ノート」だ。今後は、それを元に代行を進めていく。

「みんな揃《そろ》ったところで、ロクは食いながらでいいから聞いてほしい」

ノートパソコンを起ち上げながら四寿雄が言った。この場にいない次男の五武とは、スカイプを通してのやり取りになる。

弁護士事務所に勤める五武は残業中だった。むろん、こんなふうに「家業」に参加することの許可を得た上での雇用である。

四寿雄が茶封筒に鋏《はさみ》を入れた。

中から取り出したノートをテーブルにおいて、皆で合掌する。

「柏木《かしわぎ》かなえさん。ご遺言、承ります」

2

柏木かなえさんは三十歳。

川崎市多摩区在住で、六歳上の夫と小学校二年生の女の子との三人暮らしをしていた。

高校卒業後、地元の企業に就職。入社時の指導担当だった先輩と結婚後、退職。一女をもうけて、子どもが六歳の時に新築の一戸建てに転居。

控えめだが明るい性格で人に好かれ、友人や家族と楽しく過ごしていた。

その日、かなえさんは夫と娘を見送り、パートの面接に行った。もともとは子どもが小学校に上がってすぐ働く予定だったが、延び延びになっていたのだった。

かなえさんは採用が決まった。週明けから出勤する約束だったという。

ところがその帰り道、交通量の多い国道の交差点で事故にあった。

赤信号無視の左折車が、自転車で横断歩道を渡り始めたかなえさんを撥《は》ね飛ばしたのだ。

全身を強く打ったかなえさんは、病院に運ばれたがまもなく息を引き取った。

☆

「『わたしを殺してください』？」

代行ノートに記された「願い」を聞いた七重は目を丸くした。

「殺してって言っても——、事故で亡くなったんだよね？」

連絡をくれたご主人の融《とおる》さんの話では、四十九日を過ぎたそうだ。それで妻の遺品を整理していて、カンパニーの電話番号のメモを見つけたのだという。

電話番号をネットで検索した柏木さんは、かなえさんが遺言の代行を頼んでいた可能性があることを知った。

遺言など、生前のかなえさんは一度も口にしていなかったため柏木さんはショックを受けたという。そして悩んだ末に、電話をかけたのだそうだ。

「今回はさ、遺言の内容を旦那さんに話すの？」

九重がそう訊いたのは、カンパニーは「秘密の代行」も謳っているからである。

「うん、柏木さんにも教えてほしいと言われているし、特に内密にとは言われていない代行だからさ」

「知っても遺族の慰めにはならなさそうだけどね」と九重がスマホを気にしながら言った。ラインかメールが来るのを待っているふうだ。

七重はテーブルに広げて置かれた代行ノートを見つめた。ノートにはかなえさんの名前と住所のほかに、「わたしを殺してください」の一文があるきりだ。

「しかし、またこれかよ」と八重がぼやく。これまでにも彼らは、例の四寿雄の「見栄っ張りな謳い文句」のせいで、いらぬ苦労を強いられてきているのだ。

「ごちそうさまと伝えてくれだの、ピアスを持ち主に返してくださいだの――」

八重が挙げた依頼はどちらも「誰に」という肝心な部分が抜けていて、自分たちで調べ出さざるを得なかったのである。

「今回は、誰にって部分はわかってるじゃん」と六郎が面白がるような口調になった。

「冗談じゃないんだよ、六郎くん」と七重はたしなめた。が、そもそも依頼者の死後に代行するという前提を踏まえない、ヘンテコな依頼であるのは確かだ。

『前にも、似たニュアンスの依頼があったろう。仁戸《にと》さんの』

スカイプ越しに五武が言った。

「『亡くなった娘に詫《わ》びを伝えたい』っていうあれ？」と七重は思い出した。

依頼者の仁戸さんにはお嬢さんがいたが、遺言を代行する時点で健在だったため、「亡くなった娘」が誰を指すのかに七重たちは知恵を絞らされている。

「あの時はたしか、『死んだ娘』は『売った人形』の比喩だったんだよね。だとすると、今回はたとえば、『わたし』イコール『渡《わた》さんっていう男性』とか」

「渡氏《わたし》ってか。センスねぇ」

六郎は馬鹿にしてくるが、そういう方向で考えないとつじつまが合わない。

『あるいは「わたし」の後が省略されているかだな』

「つまり、わたしの夫とか、友人とか？」

九重が訊《たず》ね返すと、五武がうなずいた。

『なんせ、うちの代行ノートは「書きたくないことは書かなくていい」わけだからな』

その通りだと七重たちは笑い、四寿雄だけが面白くなさそうに下唇を突き出す。

『冗談はともかく、だ。これは引き受けられない依頼だぞ』と五武が話を戻した。カンパニーでは一風変わった代行でも引き受けるが、犯罪は別だ。

「わかってるさぁ。かなえさんも元々、本気じゃなかったような気がするし」

「どういうこと、シズオちゃん？」と七重は説明を求めた。

「ノートを兄ちゃんに預けた時にかなえさん、『厄落としのつもりなんです』って言ってたんだよ。だからノートには思いの丈を閉じこめたんだろう、って考えていたんだ」

かなえさんの依頼料は一万円だったそうだ。厄落としのためのお布施、とするならしっくりくる額に思える。

「あのさ。その話を踏まえると、かなえさんの殺したいものって『嫉妬』とか『劣等感』の可能性も出てこないかな？」

九重の言葉に、七重は一理あると考えた。

「たとえば、失恋して髪を切る時って、相手への想いを一緒に切り落とすみたいなところがあるよね？　そんな感じで、代行ノートを書いて置いてくることで、気持ちに区切りをつけるみたいな？」

「ああ、うん。兄ちゃんの受けた印象は、それに近いかもしれないなぁ」と四寿雄がうなずいた。「何件もの依頼を受けているとさ、やっぱり感じるんだよ。成就を祈ってるかそうでないかは」

「もしかしたら今回の連絡は、旦那さんがメモを見つけなければなかったのかもしれないね」と九重が言うと、茶碗を持ってご飯をかき込んだ六郎が応じた。

「本気じゃなかったのなら、メモとか残すなっての」

『まあ、たしかにな』

几帳面な五武がいつになく同意する。

かなえさんのご主人には、翌日の昼間に、四寿雄が依頼内容と断りの連絡を入れることになった。

この依頼はこれで終わった、と七重は考えていたのだが――。


「引き受けたの、シズオちゃん！」

学校からスーパーを経由して帰宅した七重は、玄関を上がるなりの長兄の事後報告に声を上げた。

「だってお兄さん、サツジンのお手伝いは出来ないですよ？」

スーパーで待ち合わせて、共に買い物をしてきた十遠が思い出させるように言う。

「もちろん、法に触れることはしないさぁ。だけど、柏木さんに頼まれたんだよ。かなえさんの遺言の真意を調べてほしい、って」

「真意？」と目を丸くした七重は、十遠と顔を見合わせてしまった。

「よくわかんないんだけど、奥さんの遺言に旦那さんが納得してないってこと？」

「そうなんだ。柏木さんの昼休みを狙って電話をしたんだけどさ、内容を告げると『かなえが自分を殺したいと悩むのも、誰かや何かを殺したいほど憎むのもありえない』って怒り出されちゃったんだよ」

「そんな、逆上されても」と十遠がつぶやいた。

「うんまあ、そうなんだけどね。柏木さんにとってのかなえさんは、いつも明るくて誰にでも親切だったらしいからさ。一緒に暮らしていて、誰かを悪く言うこともなかったようだし」

「ヨメシュウトメは？」

「テンちゃん――。まだ九歳だよね」

真っ先にそれを挙げる十遠に七重はたじろいだが、四寿雄は首を振った。

「念のため兄ちゃんも訊いてみたけど、それはないってさ。まあ、その問題については夫は鈍いらしいから、話半分だとは思ってるけれど」

「で、どうするのシズオちゃん。かなえさんの遺言がどういう意味なのかをうちが解明するの？」と七重は訊いた。

「そういうことになるかなぁ」

「もしそれで、かなえさんが本気で殺意を抱いていたってわかったら？」

「その時点で終了にするよ。場合によっては、うちの力不足でしたってことにして、真相を告げるのもやめておく」

そのほうがいいだろう、と七重は思った。

真実が、必ず人を幸せにするとは限らない。

その日の夕食後、かなえさんの件を話し合うためにきょうだいは集まった。

使用する場所はいつも、玄関を上がってすぐの待合室だ。藤川家はおじいちゃん医師《せんせい》がやっていた診療所兼自宅を四寿雄が居抜きで買い取ったもので、幹線道路に面した旧診療所スペースもそのまま使っているのだ。

ちなみに、待合室の奥にある四寿雄の事務所（自室）は、もとの受付ブースとその裏のカルテ置き場をリフォームした場所である。

きょうだいは待合室のソファにてんでばらばらに座った。

「話し合うっていってもさ」と口火を切ったのは九重だ。「柏木さんは奥さんの遺言に心当たりないんでしょ？　ノーヒントじゃこういうのって、どうにもならなくない？」

「だからそこは、きょうだいみんなの力を合わせて知恵を絞ってだなあ」

四寿雄はたまたま近くに座っていた七重と八重の肩を抱いた。

「そうやってシズオちゃんは熱血ドラマみたいに持って行こうとするけど」

「俺らにだって、出来ることと出来ないことがあるだろ」

七重と八重は割りぜりふのように言って、暑苦しい長兄から逃れた。

「とりあえず、おまえはもう少し、柏木さんからかなえさんの情報を得てこい。知恵を絞るって言ったって、昨日の意見以上のものは出んぞ」

帰宅したばかりの五武が、ネクタイをゆるめた。安請け合いしてくる四寿雄に呆《あき》れた様子だ。

「いまのまんまでも、一個だけ思いついたけど」

そう言ったのは、目だけはスマホの画面を追っている六郎だ。六郎が片時もスマホを離さないのは、いつものことである。

「それってなに、六郎くん」と七重が問うと、六郎は簡潔に「ネット」と答えた。

「――リベンジポルノ？」

そう口にした九重が、すぐに否定する。

「いや、それだったら『厄落とし』なんて悠長なことは言ってられないか」

一度ネットに流れた写真は、完全には消せない。しかも、時間が経てば経つほど拡散して取り返しがつかなくなる。

「本人の死後に流出画像の削除――は意味ないよね」

シミュレーションをするように宙をにらんだ七重に、八重が言う。

「緊急性のない画像なら、可能性はあるんじゃん？　たとえば、若い頃のコスプレ写真とか。恥ずかしいから神様こっそり消しといてください、程度の願望で」

なるほど、それなら具体性のないノートの書き込みとも合致する。

「六郎お兄さんがネットって言ったのも、同じ理由からですか？」と十遠が聞くと、六郎は不本意そうにだがうなずいた。

その表情からするとおもに、いかがわしい画像の方で考えていたようだ。

「よぉし。その手の検索は、ロクに任せる！」

四寿雄が決めつけると、六郎が「は？」と反発した。

「俺、ガッコあるんですけど？」

今年からはね、とおそらく全員が思ったが、みんな口には出さなかった。

「わかってるけど、兄ちゃん検索苦手なんだよ。ほら、検索結果って関係ない広告も出てくるじゃないか。そうすると兄ちゃん、ついついそっちが気になっちゃってなぁ」

「知るかよ、そんなもん」

「あの『お得な情報をいますぐ無料で。まずはアドレスを登録』みたいな広告って、どういう情報をくれるんだろうなぁ」

のんびりした四寿雄の問いかけに、六郎が苛立《いらだ》ちの眼差《まなざ》しをぶつけた。四寿雄が挙げた広告は、アドレス登録をさせることが目的の、詐欺まがいにしか聞こえない。

「気になると言えば、知らない名前なのに件名が『ごめんネ、もう怒ってないヨ?』だったりするメールも気になるよなぁ」

「おまえは一生PC《パソコン》に触んな。もういい、検索は俺がやる！」

怒鳴るように言い捨てた六郎が、自室のある旧診療スペースの階段を上がっていった。

ドアが閉まるのを待って、八重がぼそりという。

「策士」

「んー？　何のことだか、兄ちゃんにはわからないなぁ」と四寿雄がとぼける姿はわざとらしく、八重の言葉を肯定している。

「ボケ倒すなんて、おまえにしては珍しいな」

五武がそう言ったのは、普段の四寿雄はきょうだいにさせたいことがある時、「家族」や「絆《きずな》」をキーワードにした泣き落としに持って行くからだろう。

「いやぁ、たまには『頼りない』兄ちゃんを演出してみるのも、目先が変わってよくないかと思ってさ」

「どんな目先が変わるのシズオちゃん」と七重。てんでわからない。

「っていうより、頼りないのは演出ですか？　って話だよな」と八重が言い、きょうだいが失笑した。

「おまえら、本当は兄ちゃんが嫌いだろう」

すねて涙目になる四寿雄に、七重たちは「好き好き、大好きシズオちゃん」と声を揃えてみせたが、九重だけは身体の影に隠すように持ったスマホの画面をこっそりと追っている。

「それでクーは、いつ兄ちゃんたちにカノジョを紹介してくれるんだ？」

口元に当ててた手を拡声器代わりに、四寿雄が訊いた。焦った九重が手を滑らせて、あやうくスマホを落としそうになる。

「えっ、あっ」

きょうだいの注目を浴びて、九重は赤くなった。どう言い抜けようかと焦っているのが、手に取るようにわかる。

「別に、紹介とかそういう関係じゃ」

「水くさいぞクー。きょうだいじゃないか。勿体《もったい》ぶらずに初彼女を連れて来ていいんだぞぅ」

「いや、ハッカノジャないし」

九重は動揺のあまり、口を滑らせたようだ。あっと言う顔をする。

「ていうか、連れて来ないほうがよくね？」と八重がきょうだいを見回すようにした。

「この家族見たら、フツー、間違いなく引くでしょ」

父親不在で築五十年の旧診療所に住む、七人の異母きょうだい。事情を知る町内の人たちは優しいが、世間的には「ワケありのご一家」。それが藤川家だ。

　昨今、両親の再婚により、異母兄弟がいること自体はそう珍しくもない。しかし「異母」にあたる人物が二人も三人もいるのはレアケースだろう。

「うちのことを、向こうは知ってるよ。楽しそうでいいなあ、って」

「楽しいなんて幻想だって、中に入ればわかるから」と七重はつい、本音を交えて言ってしまった。そうそう、ときょうだいが同意したので、四寿雄がふくれ面になる。

「なんだとぅ」

「四寿雄。弟に恋人の紹介を強要するなら、自分が連れて来たらどうだ？」と五武に言われた途端、四寿雄が鼻息を荒くした。

「兄ちゃんだって、そうしたいさ」

「でも、しない理由は？」と興味をそそられた七重が訊くと、四寿雄はがっくり肩を落とす。

「いつも寸前で、お断りされちゃうんだよ。兄ちゃんは、早くみんなと仲良くしてほしいのにさぁ」

「シズオって、重たくてメンドクサイ男だったんだな」と八重が呆《あき》れ顔をした。

　七重も、単なる「恋人のきょうだい」と親しくつきあいたいとは思わない。

「ついでに訊くけど、イツ兄は？」

九重の逆襲じみた言葉に、五武はそっけなく応じた。

「紹介したいほど、真剣な交際はしていない」

そういう台詞を聞くと、五武は大人なのだな、と思う。五武は今年三十歳で、七重たちより一回り以上年上だ。

結婚が早ければ、小学生くらいの子どもがいてもおかしくない年齢なのだ。現に、亡くなった柏木かなえさんは五武と同じ年で、小学二年生の娘さんがいる。

「話を戻すけれどさ、シズオちゃん。かなえさんの『真意』って、わかると思う？」

七重が訊ねると、四寿雄は芝居がかった笑顔で応じた。

「きょうだいで力を合わせれば、不可能なんてないぞぅ！」

☆

六郎が調べた範囲では、かなえさんの「流出画像」は発見されなかった。

いくつか引っかかってきた画像は、夫の柏木さんや友人のやっているＳＮＳやブログにアップされたもので、数家族が合同で行った子ども向けのイベントや、家族旅行の写真だった。

こういう写真は事前に承諾をとっている場合が多いし、一見しただけでは、削除を希望するような写真でもない。

六郎は画像検索と同時に、かなえさんの名前で出てくる記事などもさらってみたが、特にこれといったものは見つかっていない。

数日後の日曜日。家族全員が揃った夕食の席で、七重たちは六郎からそういう報告を受けた。

今日のメニューは、ホットプレートを二つ、ダイニングテーブルに引きだしての焼きうどんだ。

「焼きうどんだけ？」と手抜きに対する批判が上がったが、今日は秋の銀色連休の二日目なのである。三食の面倒を見ており、あと数日それが続く側からすれば、「作ってもらえるだけありがたく思え」だ。

しかも味付けの好みが「醤油《しょうゆ》派」と「ソース派」に分かれているため、ホットプレートごとに対応したのだ。褒めてほしいくらいである。

それはさておき、「柏木さんからの情報もナシなんだよね？」と七重は訊いた。四寿雄は柏木さんと連絡を取り、ヒントになりそうなことを探していたのだ。

「やっぱり思いつかないそうなんだよ。家庭も、両親たちとも、友人関係も問題なし」

「娘さんの学校関係は？」

七重がふと訊いたのは、二年前、同居を始めたばかりの頃の十遠を思い出したからだ。

十遠は、七重たちの同情を引くことで「藤川家」にとけ込もうとして、クラスでいじめられているフリをしていた。だが実際は問題を起こしていたのは十遠の方で、高圧的な振る舞いにクラス内での不満が高まっていたらしいのだ。

さいわい、騒動になる前に上手《うま》く収まったが、その時も七重たちが気づいたのはずいぶん後になってからだった。

「それも良好だそうだよ」と応じた四寿雄は、醬油味とソース味を半々に皿に盛って、満足そうに食べ比べをしている。

「かなえさんが依頼した時期は？」という五武の問いに、「去年の春頃だったかなぁ」と四寿雄が応じた。

「おばあちゃんが来た頃？」と七重が訊くと、その少し前だという。

去年の春、七重たちの父方の祖母であるスナがのべ二月《ふたつき》ほど滞在した。のべ、などとわざわざつけるのは、ある理由からだが、あの春と祖母のことを思い浮かべると、七重はしみじみとしてしまう。

「当時のことも訊いたんだろうな」

「もちろん訊いたさぁ。特筆すべきことと言えば、娘さんの小学校入学と家の新築だそうだぞぅ」

「進学と引っ越し。厄落としにはもってこいだと思うんだけど」と七重はつぶやいたが、柏木さんに心当たりがないのでは仕方がない。

「四寿雄、柏木さんたちが以前住んでいた場所は？」と五武が訊いた。

「港北区だって」

ここから意外と近い。市営地下鉄で二十分ほどだろうか。

九重が四寿雄を見た。

「かなえさんって、シズオやイツ兄と同年代だよね。シズオの無駄に広い人脈とかから、なんか探れたりしないの？」

「なんかっていうと？」と七重。

「たとえばさ、柏木さんちの隣に住んでたとか、子どもの習いごとが一緒だったとか、当時を知る手がかりになりそうな人って、思い当たらない？」

「うーん」と四寿雄が考え込んだ。友人知人をあれこれ思い浮かべているようだ。

「俺も、ちょっと訊いてみるよ」

五武が言った。力になってくれそうな心当たりがあるらしい。

当面、ツテを辿《たど》ってみるしかないようである。動くのはおもに四寿雄と五武と決まって、この話は落ち着いた。

「あのさぁ」

夕食を終える頃になって、九重が言いにくそうに口を開いた。らしくない歯切れの悪さに、きょうだいが注目する。

「明後日なんだけどさ、もしかしたらうちに来てもいい？」

説明の言葉が足りないため、なにが？　誰が？　と眉をひそめた七重は目を瞠《みは》った。

「えっ、もしかしてカノジョ？」

「本当かクー？　そうかそうか、カノジョをとうとう連れて来るのかぁ。兄ちゃんは嬉《うれ》しいぞぉう！」

「興奮するなよシズオ！　もうそういうの、ホントにマジでやめて」

顔を合わせるなり大はしゃぎされるのではないかと、九重が青くなった。それで嫌われたら、悔やんでも悔やみきれないだろう。

「あっ。ご飯ってどうしよう。明後日はすき焼きのつもりだったんだけど、いきなりすき焼きってハードル高過ぎだよね？」

七重は慌てた。鍋を囲むのは、いくつかの段階を経た後のような気がする。

「メシは心配しなくていいよ。その時間には被せないし」

「なにを言ってるんだ、クー。みんなでぜひ！　一緒に食べようじゃないか！」

「四寿雄、力むな。ウザ過ぎる」

五武が辛辣な言葉でたしなめたが、四寿雄は喜びを隠しきれないらしい。

「お姉さん。三理お父さんもやっぱり――」

こそっと小声で訊いた十遠に、七重は「絶対、間違いなく、こんなふうに騒がない」と断言した。

おそらく「そんな年齢になったか」というようなことを言って、面白がるような表情をするだけだろう。父は感情の出し惜しみをする人だ。あれこれ思うことがあっても、自身の裡《うち》で楽しむだけで、他者との共有をしない。

感情の共有をする時は作品としてだ、ということが最近わかってきた。父にとってはすべての事象が「作品を生みだす素因」なのだ。まるで呼吸をするように、三理はものごとや自己の感情をフィルターにかけて、なにがしかの「形」に変換する。そうせずにはいられないのだ。

業が深いって言葉はこういう時に使うのだろうな、と七重は思ってしまう。

「なんか俺、サイアクの選択をした気分」

九重が苦く顔をしかめていた。たわむれにも遊びに来るよう誘うべきではなかった、と激しく後悔しているのだろう。

そんな弟の肩を、八重が重々しく叩《たた》いた。

「安心しろ。おまえの貴い犠牲打は、無駄にはしないから」

どれほど真剣な交際をしていても、結婚を考えない限り「決して」家には連れて来るまい。

七重たちは、いまそれを肝に銘じたと言っても過言ではなかった。

3

翌日を、七重はひたすら掃除をして過ごした。

「気にしなくていい」と九重には言われたが、客を迎えるのにそうはいかない。家を「古い」と思われるのは仕方がないが、「汚い」と思われるのは嫌だ。とりあえず、カノジョが立ち寄る可能性のある場所を、七重は徹底的に磨き上げた。

掃除をすればするほど感じるのは、この家を汚しているのは男どもだということだ。潔癖な五武を除く残りの四人が、床にゴミを落としたり、お菓子を食べこぼしたり、トイレに尿の撥ね染みをつけたり、靴下を脱ぎ散らかしているせいなのである。

「まったくもう」

ぶつぶつ言いながら床にこびりついた食べかすをこそげ取っていると、背後を十遠がジュースを飲みながら通りすぎた。

「文句ばっかり言ってると、幸せになれないそうですよ」

そんなことくらい、わかってますけど！

七重は妹の後ろ姿をにらみつけて、怒りを食べこぼしにぶつける作業に戻る。

☆

九重に連れられ、真名辺美晴《まなべみはる》がやって来たのは翌日の午後三時過ぎだった。

やはり、七重が駅で見かけた、九重と待ち合わせをしていた彼女だ。

美晴もまさか、磨りガラスの引違戸をあけると広がる待合室で、彼氏の家族がわざとらしく寛《くつろ》いでいるとは思ってもみなかっただろう。

ソファで脚を組み、難しい顔で新聞を読んでいるフリをするモジャモジャ頭の男。

ノートPCで仕事をしている、クールな顔立ちの眼鏡の男。

スマホでゲームをしている、ややお腹の出た二十歳《はたち》すぎの若者。

寝そべって黄ばんだ週刊少年マンガ誌を読みふける、恋人によく似た高校生。

十年近く前のファッション誌を広げ、団欒《だんらん》しているふうの姉妹。

「はじめまして。真名辺美晴です」

挨拶した声が、少々引きつっているように聞こえた。まあ、七重が美晴の立場でもそうなるだろうと思う。

九重はその横で、死にたいほどの悪夢を見たような顔をしていた。これできょうだいが美晴を質問攻めにしたら、怒鳴り散らしたかもしれない。

だがさすがに、七重たちにも良識はある。ひととおりの紹介が終わった時点で、きょうだいは解散した。みな、常識的な歓迎の言葉を言って待合室を離れたのだが、六郎だけはにやにやしながら、ネットで流行《はや》っている女性を蔑視した隠語をつぶやいて去る。

「ご、ごめんなさい」

七重は詫びたが、美晴はその言葉を知らなかったようだ。きょとんとしながら「いいえ」と応じ、それからふと七重の手首に目を留めた。

「そのシュシュ、かわいいですよね。わたしも持ってるんです」

真似《まね》して買った七重は恥ずかしくなった。ついいつもの癖で手首にはめていたのを、後悔してしまう。

「東口の地下街の雑貨屋さんで買ったんです」と七重が告白すると「わたしも」と笑顔が返った。美晴もよく行くお店なのだという。

そのまま、お店が新入荷した雑貨の話で盛り上がってしまった。お互い、おなじ傾向のキャラクターが好きで、その趣味が周囲の賛同を得られないところも似ていて、あとでもっと話そう、とラインのアドレスを交換する。

「かわいい人でしたね」

美晴が九重の部屋に上がっていったあとで十遠が言った。言外に「お姉さんよりも」という言葉が含まれているように感じるのは、気のせいだろうか。

むっとしたが、美晴については七重もそう思った。ぱっちりしたたれ目が笑うと糸のように細くなり、ふわんとこちらの気持ちまでなごんでしまう。

喋《しゃべ》り方もおっとりしていて、間違っても暴言なんて吐かなそうだ。自分の通うお嬢さん学校の制服も、美晴のほうが似合うだろう。

そんなことを考える七重に、十遠がしたり顔でうなずいた。

「そうそう。お姉さんの思った通りです」

「んもう、またテンちゃんはひとこと多い。って、シズオちゃん？　どこ行くの？」

十遠に抗議しかけた七重は、足音を忍ばせて旧診療所スペースの階段を上っていこうとしている四寿雄に気づいた。旧診療所スペースの二階は、病室を改装した六郎、八重、九重の部屋と、ガラクタの押し込まれた物置部屋しかない。

「いやぁ、兄ちゃんいま、ぜんぜん美晴ちゃんと話せなかったからさぁ」

「だからって、邪魔しないの」

七重がTシャツの背を摑《つか》むと、名案を思いついたように四寿雄が振り向いた。

「じゃあ、お茶を運ぶ役を兄ちゃんがだなぁ――」

「お茶は運びません。用意したら、クーに取りに来てもらうから」

七重と九重の間で、とっくにそういう取り決めが出来ている。

強引に階段から引きずり下ろすと、七重は四寿雄を事務所兼自室に押し込んだ。受付窓口だったガラスの小窓の向こうから、こちらを恨めしげに見ているのが鬱陶しい。

七重と十遠は四寿雄を無視してキッチンに行った。飲みものとお菓子を用意して、準備が出来たと九重を呼ぶ。

ピピピ、と十遠が斜めがけしているバッグの中からスマホのアラーム音が聞こえた。アラームを止めた十遠は「じゃあそろそろ」とキッチンを離れようとする。

「あれ？　どこか行くんだっけ？」

「ハルくんのとこです」

ハルくんこと細見晴臣《ほそみはるおみ》くんは、十遠の同級生でカレシでもある。

本日はおうちでゲームデート、だそうだ。浮いた噂《うわさ》どころかときめきのひとつもない七重は、おみやげ用のスナック菓子を十遠に押しつけた。

「あっそう。どうぞ行ってらっしゃいませ」

☆

連休が終わった翌日、七重は承子《しょうこ》さんのマンションに遊びに行った。

「へえ、九重くんにカノジョねえ」

承子さんの口調がしみじみするのはやっぱり、「そういう年齢になったのか」と感じるからのようだ。

最近「あとちょっとで還暦なのよ」が口癖の承子さんは、四寿雄と五武の母親だ。三理とは二度の結婚離婚歴があり自称「ママハハ」だが、実際に同居したことはなく、藤川家から徒歩十五分のおしゃれなマンションで独り暮らしをしている。

七重にとって承子さんの家は一種の避難所のようなもので、月に一、二度ほど遊びに来てはきょうだいのことを話したり、悩みを相談している。

「べつに、無理に仲良くする必要もないとは思うけれど、仲良く出来そうでよかったじゃない」

「うん。ただ、どこまで仲良くなっていいのか、よくわかんないんだけれどね」

九重を介して知り合っただけなら、そこまで距離の取り方に悩んだりもしないのだが、美晴は九重のカノジョなのだ。二人の交際ありきの友情なわけで、親しくなり過ぎるのも問題のように思う。

「まあ、九重くんたちが別れても、友情は続く可能性もあるわよ？」と承子さんが片眉を上げて言った。

「一般論としては理解できるんだけど、実際となるとね——」

「むずかしい？」

「というより、面倒くさいかな。想像でだけど」

七重の性格からして、別れた二人が嫌な思いをしないようにと気を遣って疲れそうだ。

「とりあえず、いまは趣味が合うから、お互いにオススメのキャラクターの画像を送りっこしてるんだ」

学校の友人に送ると「うは」という反応しかもらえないが、「かわいいよね」「そう思うよね？」と盛り上がれるのが楽しい。

「十以上も離れた弟に春が来てるというのに、うちのお兄ちゃんたちときたら」と承子さんはぼやいて立ち上がり、日差しを遮るために窓にシェードをおろした。「あの子たち、どっちとも浮いた噂の一つもないの？」

「シズオちゃんは家族に会わせたがりすぎていつも逃げられていて、イツ兄はつきあっている人はいるかもしれないけれど、家族に会わせるような仲じゃないって」

「は――」と承子さんがものすごいため息をついた。「中学生から、ぜんぜん成長していないいんだから」

「なんかわかる気がする」と七重は笑った。四寿雄は家族や友人の輪にカノジョをしきりに入れたがり、五武は常に一線を引いて相手を観察していそうだ。

「以前イツ兄がね、俺は減点法を採用しているって言ってたことがあるんだ」

相手の悪いところ、嫌なところを見つけるたびに点数を引いていって、一定の数値を下回った時点で関係を絶つという。

「そうよぉ」と承子さんが相槌を打つ。「しかもあの子は百点から下げていくのじゃなく、五十点から始めるんだから」

「加点はないの、って訊いたら、ほとんど例がないんだって」

「みたいだわね」

さすがに母親だけあって、承子さんは五武の性格を承知している。

「六郎くんがね、それでシズオのことよく切らないな、って言ったら、減点しすぎて零点を通り越してはリセットして、もう何百周もしてるって言ってた」

すると承子さんがカラカラ笑った。「嘘よ。あの子はお兄ちゃんのことは、減点したりしないもの」

「ええ？ だけどよく、イツ兄はシズオちゃんのことで文句を言ってるけど」

「もちろん、普通にうんざりしたり呆れたりはしているんだろうけれど、それでも、誰よりもお兄ちゃんを信頼してるから」

「うん、そうかも」と七重は応じた。五武はなんだかんだ言っても仕事の都合をつけて「家業」に参加しているし、就職先も無理の利く個人事務所をあえて選んだ。

「ところでかわいいわね、そのシュシュ」と承子さんが七重の手首に目を留めた。

「あ、うん。美晴ちゃんがしているのを見て、いいなって思って買っちゃったんだ」

「ナナちゃん、ショートヘアなのに？」と承子さんがおかしそうな顔をしたので、七重は頭上で前髪だけをまとめてみせた。

「そう。使うと、こうなっちゃうんだけどね。でも、その時はなんかすごく、美晴ちゃんのことが羨ましく見えて」

おどけて答えた七重は、自分の言葉にはっとした。

「どうしたの、ナナちゃん？」

「ううん。自分で、自分の気持ちにびっくりした」

なにかひどく醜い感情を、自分の中に見つけた気がしたのだ。

「素敵に見えたから真似したいって思うのって、誰にでもあることじゃないかしら」

「――うまく説明できないんだけど、羨ましいって気持ちに、ちょっと違うものが混じってた気がする」

「妬ましい、みたいな？」

承子さんに問われた七重は、自分の心に耳を澄ましてみてからうなずいた。

「ひとことで言うと、そうなっちゃうのかな。もちろんクーは弟だから、自分が美晴ちゃんの代わりになりたいって思ったわけじゃないけど」

それでも、苛立ちのような悔しさのようなものを感じたのも確かだ。

「気にすることはないんじゃない？」と承子さんは言ってくれたけれど、七重には「誰にだって嫌な面はあるわよ」という慰めの言葉としか受け取れなかった。

帰り道。七重はシュシュをスクールバッグの中の、ノートと教科書の底に沈めた。

☆

引っ越し以前の柏木さん一家を知っている、という人から連絡があったのは、それから二日後のことだった。

連絡をくれたのは、五武の中高時代の同級生だった。知人からつながりが探せないかという読みが当たって、子どもが同じ幼稚園に通っていた家族が見つかったのだ。

同級生の奥さんが、かなえさんを覚えていたのである。

奥さんの話では、かなえさんはトラブルを抱えていたはずだ、という——。

「どういうトラブル？」

スカイプ経由の五武の報告に、七重は眉をひそめながら訊ねた。

『それが、言葉を濁されているんだ。どうも関わり合いたくない相手らしくて』

場所は、いつもの待合室である。

普段と違うのは、この場に晴臣くんと母親のはるかさんがいることだった。はるかさんは、藤川家で夕食を食べた晴臣くんを迎えにきたのだ。玄関で靴を履きかけたところでスカイプが始まってしまい、なんとなく足を止めている。

「そんなに面倒な人なの？」

『そこは言っていなかったが、直接の知り合いじゃないらしい。子どもの性別も、在籍する学年も違ったようだし』

柏木さんの娘が年長の時に、五武の同級生の息子が入園したのだそうだ。

「ごめんなさい、割りこんで」とはるかさんが断りを入れて口を挟んだ。「学年も性別も違うのに、顔と名前が一致するの？」

「一致しないものなんですか？」と四寿雄が不思議そうに訊いたのは、自分が人の名前や顔を覚えるのが得意だからだろう。

「だって。園や習いごとで一緒になるママさんって、子どもありきの知り合いだもの。同じクラスだとか、家が近所だとか、子ども同士が仲がいいとか、そういう子どもがらみのつながりがない人って、正直、赤の他人も同然だから」

「会ってもガン無視？」と八重が訊くと、「さすがにそれはないわよ」と、はるかさんが苦笑する。

「礼儀としてお互い挨拶くらいはするけど、それだけの関係」

母親どころか、子どもの名前も知らない場合も多々あるという。

『逆に言えば、学年も性別も違う子どもの母親がトラブルを抱えていたことを知っているとすれば、どういうことが考えられますか？』

五武が意見を求めると「そうねえ」とはるかさんは考えながら、耳に髪をかけた。

「いわゆる園ママどうしのトラブルで、けっこう噂になって、ヒソヒソされたんじゃないかしら」

あるいはママ友のママ友、のような弱いつながりがあったのかもしれないけれど、とはるかさんは付け足して、晴臣くんを伴って帰って行った。

「とりあえず、当事者に確かめてみるよ」と四寿雄が事務所に引っこんだ。柏木さんに電話してみるつもりらしい。

受付窓越しに、子機を耳に当てて相槌を打ちながら、事務所内をうろうろする四寿雄が見えた。

「柏木さん、思い出したみたいだぞぅ」

電話を終えて、戻ってきた四寿雄が言った。「そう言われてみれば、かなえさんは娘さんが年長の頃に悩んでいたかもしれないって言うんだ」

『なににだ？』と五武。

「『真似』だそうだ。同じ幼稚園のママさんに、服や髪型を」

「はあ？」と八重が素っ頓狂な声を上げた。「服が被ったくらいで大げさじゃね？」

八重が眉根を寄せると、うなずきながら四寿雄が応じる。

「柏木さんもそう思っていたらしいけど、思い当たるとしたらそれしかないって」

『真似をしていたという相手の名前は？』と五武が訊いた。夕食の弁当の容器をコンビニの袋にまとめる音がしている。

「すぐにはわからないそうだ。後日、わかり次第教えてくれるってさ」

「だけど、ただの真似だろ？」と八重はまだ理解できない表情で言った。「厄落としとか、真相を話すのを周囲が警戒とか、なんでそんな大騒ぎにすんの？」

『真似、といっても服の趣味が似ているだけなのか、それともかなえさんがなにかを買うと対抗してくるのかでずいぶん意味が違うな』と五武。

「そうだね」と七重が同意すると、十遠が言った。

「あと、相手をどう思っていたかでも違うと思います。親友ならお揃いも楽しいけれど、大っ嫌いな人だったらゾッとする」

　七重は、あれ以来つけられないシュシュを意識してしまった。

「だよなー」

　相槌を打った六郎が、ニヤニヤとスマホをいじりながら自室のある二階に上がっていった。振り返って階段を見上げていた八重が「なんだあれ？」ときょうだいに訊く。

「思いついたことがあって、パソコンで検索するんじゃゃない？」と九重が立ち上がりながら応じた。目を丸くしているきょうだいに「今日はもう進展しなさそうだから」と言い置いて、六郎を追うように階段をのぼる。

「あいつさあ。なんか今日ヘンだよな」

八重がつぶやくように言った。四寿雄や十遠もそれは感じていたらしく、うなずく。

やっぱり喧嘩《けんか》だろうか、と七重は思っていた。九重のスマホに、普段はわりと頻繁なラインの着信が、今夜は一度もなかったからだ。

4

その週の週末、柏木さんが「フジカワ・ファミリー・カンパニー」にやって来た。あらかじめ、直接会って話したいと来所の予約を入れてきたのだ。

柏木さんは三十六歳という年齢よりやや若めに見える、小柄で細身の人だった。半袖の白いシャツに丈が短めのパンツを合わせ、個性的なスニーカーを履いている。

本来はおしゃれな服で、おしゃれな人なのだろう。ただ、いまは疲れ果てて、目についた服をとりあえず着てきたふうに見えた。センスの良い服を着こなしきれておらず、逆に野暮ったく見える。

「すいません、約束していた柏木ですが」

引違戸を開け、出てきた七重に軽く頭を下げた柏木さんを、七重は四寿雄の汚い事務所に通した。

　雑誌や新聞が積みあげられた獣道を通って座った模造革張りのソファで、柏木さんは居心地悪そうに肩をすぼめた。

「いま、兄が来ますので」と七重はアイスコーヒーを柏木さんの前に置いた。屈んだ時にふと、左の薬指に嵌《は》められた結婚指輪が目に留まり、切なくなる。

「まだ、外せなくって」

　七重の視線に気づいた柏木さんが苦笑を見せた。次の瞬間、堰《せき》を切って感情が溢《あふ》れ出すのではないかと思うような、はりつめた表情だった。

「このたびは、ご愁傷様でした」

　お盆を抱えた七重が頭を下げると、柏木さんが泣き笑いのような顔で頭を下げ返す。

「事故の相手との交渉が、ようやく終わりました。保険金なんて、嬉しくも何ともないですけどね」

　見るからに十代の七重にこんな話をするなんて、よほど苦しいのだろう。七重は黙ってうなずいた。どうにか場をつなごうと、言葉を探す。

「今日、お嬢さんは？」

「家にいます。妻の両親が来てくれているんで」

　週末ごとにやって来て、掃除や料理の作り置きをしてくれるのだそうだ。

「お待たせしました」

ようやっと現れた四寿雄は、頬に赤くなったティッシュペーパーをくっつけていた。どうやら無精髭《ぶしょうひげ》を整えようとして、剃刀《かみそり》で切ってしまったらしい。

「約束した時間に起きるからだよ」と七重は内心呆れていた。せめて三十分なり早く起きれば、慌てずに済むものを。

「ナナ、兄ちゃんにもアイスコーヒーを頼む」と言われ、七重はキッチンに引き返した。四寿雄のお気に入りのグラスに氷ともども、なみなみと入れて戻ってくると、柏木さんが四寿雄にアルバムを見せているところだった。

幼稚園の卒園アルバムのようだ。遠足に行った時のものだろうか。運動帽を被り、水筒を斜めがけにして笑っている園児たちと保護者の集合写真の、真ん中の列の一人を柏木さんが指している。

「これが妻のかなえです」

「この方は？」

四寿雄がふと、ひとりの保護者を指さすと、柏木さんの表情が変わった。

「どうして、わかるんですか」

愕然《がくぜん》とした柏木さんに、四寿雄が答えた。

「真似されている、ってお話でしたよね。アルバムを持っていらしたのは、この中に相手がいるんだろうと考えたからです」

　そういう目で見ると、写真のかなえさんとその女性は同じ髪型をしていた。前髪を斜めに下ろし、肩までの髪の毛先がくるんと大きく巻いている。

「洋服も似てますよね」と七重は目を凝らした。かなえさんの着ているニットのセーターも、その女性のセーターも白地に紺のボーダーだ。

　肩のところに錨《いかり》の形の飾りボタンが三つついていて、特徴的なのでわかった。

「ちょっといいですか」と四寿雄が断りを入れて、アルバムをめくった。運動会や芋掘り、社会見学時の集合写真を見比べる。

　一緒にのぞきこんでいた七重は、思わず身震いした。

　かなえさんがTシャツとジーンズなら、その女性も同じ絵柄のTシャツとジーンズ。ショートパンツにタイツとブーツを合わせれば、それも同じ。服が、全部一緒だ。

　違うのは髪型だった。かなえさんはバレッタで髪を留めたり、シュシュで横結びにするなど、その時々で変えている。

「この女性の名前は？」と四寿雄が訊ねた。

「娘はレリちゃんママ、と呼んでいました」

　子どもたちのクラスも違い、交流も薄かったようで、柏木さんは姓すら知らなかったという。

「先日の電話の後、娘が仲良しだった子のママさんに連絡して、思い切って訊いてみたんです。その、真似のことを」

相手は「今頃？」という反応をした。非難されているように感じたが、柏木さんは詳しく話してくれるよう頼んだ。

「もう一年半も前のことだし、かなえも亡くなってますからずいぶん濁されました。それでもようやく教えてもらったんですが——、かなり噂になっていたようです」

「奥さんは、なにも仰《おつしや》らなかったんですか？」と四寿雄が問うと、目を伏せた柏木さんが力なく否定する。

「言ってたんです。でも、初めは軽い調子だったから、こちらも趣味が似ているのかぐらいに軽く考えていて、聞き流していました」

「奥さんの訴える内容が深刻になっても、ということですか？」

「深刻っていうか、『昨日買ったばかりの服を、今朝会ったら向こうが着ていた』とか、『今度の靴もまた真似された、気持ち悪い』なんて言うので」

愚痴の延長だとしか、柏木さんは受け止めなかった。

「毎晩夜遅く、仕事から疲れて帰ってきて、また服が一緒だったとか髪型を同じにされたとか聞かされて、正直うんざりしてました。おまえのセンスがいいから真似したくなるんだろ？　それのなにが不満なんだ、って怒鳴ってしまったこともあります」

「でも、ここまで一緒なんて気持ちが悪いです」

七重の言葉に、柏木さんは唇を引き結んでうなずいた。

「どの集合写真にも同じ服だなんて、これおかしいですよね。どんな執念で、かなえを付け回していたんだろう――」

声に、後悔の色が滲《にじ》む。いま、どんなに耳を傾けたくても、かなえさんはもういないのだ。

「お嬢さんも、なにも言っていなかったんですか？」と四寿雄。

「かなえが止めていたようです。お父さんはお仕事が忙しいんだから、って」

レリちゃんママ、こわい。と、今回初めて娘さんが言ったそうだ。

『ママが持ってるもののこと、すぐに訊いてきて。ほかのママがやめなよって言ってくれたら、次からは誰もいない時に訊くの』

どこへ行ったか、なにをしたかを常に探られていたそうだ。

レリちゃんママは自分の娘を使い、質問することもあったという。

「かなえ、ある時から服を買いに行かなくなったんですよね」と柏木さんが言った。

「いまはネットのほうが、安くてかわいいのがあるからって。でもあれも、しつこく訊かれるのが嫌だったから、なんですよね」

「かなえさんが写真に写る際、髪型を工夫していたのは抵抗かなと思うんですが、はっきり相手に言ったりはしていなかったんでしょうか」

四寿雄が訊ねると、柏木さんはあいまいにうなずいた。

「直接やめてほしいと言ったことはあるようです。ただ、相手ははぐらかしてばかりだったとか。別に、真似するだけで、嫌がらせがあったわけではないみたいですから。周囲が諫《いさ》めても聞かないから、疎遠にするくらいしかなかった、と聞きました」

かなえさんとその友人は「レリちゃんママ」と距離を置いていたが、向こうは気にも留めていなかったらしい。そして、まるで決められた行動のように、かなえさんの持ち物、服装、髪型を次々と真似し続けていたという。

「園では、問題にならなかったんですか？」と四寿雄が訊いた。

「それもなかったようです」と柏木さんが答えた。「さっき言ったように、嫌がらせというには決め手に欠けますから。もしかすると、嫌がらせのつもりもなかったのかもしれません」

「その後はどうなんでしょう？　お引っ越しされたんですよね？」

七重が問うと、柏木さんは首を振った。

「特になにも。学区が変わって、接触の機会がなくなったのがよかったんでしょう」

「粘着とか、されなかったんですか？　そこまでしつこく真似するなら、追って来そうなんですけれど」

「なかったんですよ。だから気づかなかったんです。かなえもしばらくして、元のようにショッピングを楽しむようになりましたし」

柏木さんが七重にやや強い調子で答えた。痛いところを突いてしまったらしい。

「これまでに伺《うかが》ったお話からして、奥さんの遺言は『レリちゃんママ』に対する鬱憤晴らしだったように思います。依頼に来た時期も、厄落としと仰っていたこととも整合性がとれますし」

かなえさんの言う「殺してほしいわたし」とは、真似をする「レリちゃんママ」だったのだろう。

四寿雄の言葉に柏木さんがうなずいた。かなえさんが、自分に執着する「レリちゃんママ」に悪感情を抱くのも当然だと認めたのだ。

「もっと早くに、対処してやればよかった。でもかなえも、もう少しはっきり言ってくれれば――」

言えただろうか、と七重は疑問を覚えた。こちらは必死に訴えているつもりなのに夫にうんざりされ、「なにが不満なんだ」と声を荒らげられたあとで。

ちょうど、子どもの卒園と引っ越しという「疎遠になるチャンス」がそこまで来ていたのだ。七重だったらひたすらやり過ごして、新生活に賭けただろう。

「どうでしょう、柏木さん。奥さんのご遺言に納得いただけたのなら、今回のご依頼はこれで終了とさせていただこうと思うんですが」

そう四寿雄が言うと、柏木さんが慌てたように遮った。

「ちょっと待ってください、まだ話は続きがあるんです」

「と仰いますと?」と四寿雄が目を瞠った。

「『レリちゃんママ』のことですよ」

柏木さんは語気を荒くするが、カンパニーに出来ることはない。

「なんらかの制裁を加えよ、と仰っているのなら応じかねます。もし法的な相談をしたいのでしたら、弁護士の紹介は可能ですが――」

七重の脳裏に、憮然《ぶぜん》としている五武が浮かんだ。

「そうじゃないんですよ。どう言ったら通じるのかなあ」と苛立ったようにつぶやいた柏木さんが、四寿雄に訴える。

「電話で教えてくれたママ友さんが、とんでもないことを言っていたんです。うちが引っ越した後、『レリちゃんママ』は、小学校で次のターゲットを見つけて真似を始めたらしいんですが」

七重の背筋が冷たくなる。だから、五武の友人の奥さんは関わり合いを恐れたのだ。

「彼女は最近、その真似をやめて、かなえそっくりのファッションに戻ったんだそうです」

柏木さんの言葉を聞いて、七重はびくっと身震いした。それを見た柏木さんが、わかってくれたか、という表情になる。

「ふたたび、奥さんを真似し始めたということですか？　理由は？」と四寿雄が訊いた。

「よくわかりませんが、ママ友さんの話では、かなえの事故死をどこかで耳にしたんじゃないかということでした。もちろん、葬儀には呼んでいませんし来ていません」

当然、かなえさんと親しかった人々も事情を踏まえて口をつぐんでいた。だからこそ、話がいまごろになって伝わったのだろう。

「ご家族への接触は？」

「いまのところありません。わたしや娘に危害を加えているわけではないですが、気持ちが悪い。ただただ、気持ち悪い」

七重は柏木さんの言葉にうなずいた。膚《はだ》を虫が這《は》い回っているような気分になる。

「藤川さん。この状態は、かなえの遺言を適用出来ますよね？」

わたしを殺して。

「柏木さん、それは――」

「違います。なにも、命を奪えと言っているわけじゃありません。人を殺してくれなんて依頼、出来ないでしょう？」

「もちろん、頼まれても受けられません」

「わかってます、そんなこと。でも、この状態をどうにかしてもらうのは、違法でもなんでもないはずです」

語調を強めた柏木さんが、立ち上がって四寿雄に一礼した。

「『レリちゃんママ』に、かなえの真似をやめさせてください。かなえの亡霊を殺してください」

☆

「殺してください、と言われましてもね」

その日の夕食の席で、六郎が呆れた口調で言った。

「どう考えてもそのママ、他人の話を聞かなそうじゃんよ。たとえば俺たちが言ったところで、やめてくれるのかよ」と八重も疑問を呈す。

「それ以前の問題で、四寿雄。おまえ、なんでこういう依頼を引き受ける?」

片眉を上げて訊いた五武に、四寿雄が言い訳がましく手を振り回す。

「だって、断れないじゃないか。これは、かなえさんの依頼の続きなんだぞぅ」

「詭弁《きべん》」と八重が四寿雄の弁解を切り捨てた。「かなえさんの依頼は『厄落とし』だったんだろ？　引っ越して無事に逃げ切ったところで、心願成就じゃん」

「こういうのって、法的にも処罰は難しいよね、イツ兄」と七重は五武を見た。

「柏木さんたちに嫌がらせをするならともかくな。大量に販売されている市販の洋服を購入して、それを身につけているだけじゃあ、どうにもならない。しかもいまは、生活圏も重なっていないわけだ」

六郎がテーブルを離れた。自室に戻り、プリントアウトした紙束を持ってくると、テーブルに広げる。

「なりきりっていうかなりすましっていうか、見てみろよ、これ」

プリントアウトは、ブログやSNSの画面を印刷したものだった。投稿された画像は、どれも「レリちゃんママ」で、かなえさんふうのファッションのもの、キャリアウーマンふうのもの、ふわっとした身体の線が出ないトップスにロングスカートなど、ジャンルの違いすぎる服装の自分を、スマホのカメラで撮影している。

「この間から、おまえが調べていたのはこれか？」と五武が訊く。

「まあね。気持ち悪いとか、真似とか、いろいろキーワードが出たからさ。園ママのほうに、そういうことしそうなヤツがいないか、辿《たど》ってたってわけ」

かなえさん自身はブログなどをやっていなかったが、柏木さんや、今回協力してくれた五武の同級生のSNSなどを参照して「レリちゃんママ」に行き着いたそうだ。

「時系列で言うと、この辺が最新」

六郎が示したプリントアウト群は、かなえさん好みの服を来た画像だった。「こっちが先月」と指さしたグループは、ミリタリーふうのサマージャケットに白い細身のパンツや、ジャケットにタイトなワンピースを合わせせた、キャリアスタイルだ。

「かなえさんが亡くなったと聞いたのがきっかけなのは、間違いないみたいだなぁ」

四寿雄が言った。七重も同様に感じたが、レリちゃんママが行動を起こすに至った理由がわからない。

「もしかして、あやかって死にたいとか？」と八重が眉根を寄せた。

「推測するだけ無駄じゃないのか。彼女の感じ方は、独特のもののようだ」と五武。

「話し合うなら、うちがどうするか、だよね。諫めるのは無理なような気がするけど」

七重は言った。

「旦那に言えば？　お宅の嫁をどうにかしろ、みたいにさ」

「ダメじゃね？」と六郎が八重に返した。「ブログにもSNSにもダンナや娘の話はゼロ。ダンナも同じSNSやってるっぽいし、既婚子持ちって公開してるけど、嫁とはつながってないし、記述もゼロ」

考え方はひとそれぞれだが、意図的に「レリちゃんママ」を排除しているようにも受け取れる。

「記事の感触からすると、存在を無視してるカンジ」と六郎がニヤニヤする。

「なんか最近、六郎くんの性格が一段と悪くなったような気がするんだけど」

七重は咎《とが》めるように見たが、六郎はどこ吹く風だ。

「やめさせる方法、ありますよ。新しいターゲットを用意するんです」と十遠が言った。

「テンちゃんの提案、正論だと思うけれど、なにが『レリちゃんママ』のスイッチを押すのか、ぜんぜんわからないんだよ？」

七重は応じた。もっとも執着の理由がわかったところで、柏木さんのために、カンパニーが誰かを生《い》け贄《にえ》に差しだすわけにはいかないのだが。

「とりあえずまとめると、おまえが責任取れよシズオ」

八重の言葉にきょうだいが賛同した。「困難な依頼こそ家族一丸となってだなぁ」という、いつもの演説を適当にあしらう。

今回ばかりは、いくら意見を出し合ったところで無駄だろう。それに、周囲がこれほどまでに避けている相手に、正面からぶつかるなんてリスクが大きすぎる。

「はやく柏木さんにすいません、って言っとけよ」

六郎の言葉が、事実上の終了宣言になった。

シズオちゃん、ちゃんと断りの連絡入れたのかなぁ。

☆

数日後の夕方、買い物から帰った七重は一人やきもきしていた。四寿雄の性格からして、行動を起こしたらきょうだいに報告があるはずなのだが、いっこうに「キャンセルしたよ」という言葉が聞かれない。

表の磨りガラスに人影が映り、引違戸をトントンと叩かれた。荷物を床に置いて、脱いだばかりのスニーカーを踏み台に戸を開けた七重は、あっと立ちすくんだ。

セミロングの髪の毛先をくるんと巻いた女性が、はにかんだ笑顔で立っている。

背筋に悪寒が走った。先日、集合写真で見たばかりだ。

「レリちゃんママ——」と口走りかけるのを、七重は危ういところでこらえた。七重の動揺には気づかず、「レリちゃんママ」は会釈する。

「こちらって、遺言代行をしてくださるんですよね？　お願いしたいんですけれど、いいですか？」

「しょ、少々お待ちください」

七重は待合室のソファを示してから、事務所に駆けこんだ。蹴躓《けつまず》いてしまった買い物袋から嫌な音がしたのは、おそらく卵のパックを蹴ってしまったせいだ。

「シズオちゃん。どうしよう『レリちゃんママ』が来た」

ソファに転がって雑誌を読んでいた四寿雄に、小声で耳打ちする。

さすがの四寿雄も一発で飛び起きた。二人して受付窓口の向こうを窺《うかが》うと、「レリちゃんママ」は物珍しそうに待合室を見回していた。

一見、おっとりと穏やかだ。かなえさんの死を知って真似を再開した、という予備知識がなければ、とても感じのいい女性に映る。

「大丈夫だよ。依頼に来たって言うんだから」

「でも、誰に聞いたんだろう」と七重は声を震わせた。理屈ではなくて、無性に「レリちゃんママ」が怖い。

四寿雄は七重の手をなだめるように叩くと、応対に出た。

「お待たせしました。ザ・フジカワ・ファミリー・カンパニーの藤川四寿雄です」

ソファに腰かけていた「レリちゃんママ」が立ち上がり、名乗る。

「お世話になります。柏木かなえです」

「!!」

悲鳴を呑《の》みこんだ七重はうつむいたまま目礼して、待合室横の階段を駆け上がった。

直前に帰宅していた八重の部屋に、ノックなしで飛び込む。

「なんだよナナ、ノック――」

着替えの途中だった八重が抗議しながら振り向いたが、七重の顔色を見ると、急いでTシャツの裾をおろしきった。

七重は早口に事情を説明した。万が一にも階下に聞こえないように、と神経を遣ってささやくような小声になる。

耳を傾けた八重が、七重を六郎の部屋に連れて行く。階下で四寿雄が、「レリちゃんママ」を事務所に案内している。

週明けから「試験休み」の名目でごろごろしていた六郎は、話を聞くなり喜色満面になった。

「笑い事じゃないよ、六郎くん!」

七重は怒りまじりに抗議したが、六郎は楽しそうに事務所に仕込んである盗聴器のスイッチを入れる。

四寿雄が遺言代行のシステムを説明している声が聞こえてきた。聞き耳を立てながら、六郎がつぶやく。

「神経太いわー。柏木かなえなら、一年半前に依頼に来たっての」

「だから怖いんじゃない」と七重は泣き声になった。かなえさんが訪れた場所で名を騙れば、ばれる。少し考えればわかりそうなものなのに、「レリちゃんママ」は名乗るのをためらいもしなかった。

四寿雄の説明を「レリちゃんママ」は相槌を打ちながら聞いていた。時折疑問点に口を挟むが、質問の内容はごく常識的だ。

四寿雄が、説明に納得した「レリちゃんママ」に遺言ノートを渡した。「レリちゃんママ」はノートを埋め始めたようだ。

『お住まいは川崎なんですか』という四寿雄の言葉に、七重は両手で口元を覆った。柏木さん家族の引っ越し先だ。

『うふふ、一年半前に建てたばかりなんです。主人も娘も凄《すご》く気に入っていて』

「やっぱりこれ、なりすましだよね。なにがしたいんだろう」

八重と六郎に聞いたが、二人ともに首を振る。

「レリちゃんママ」は楽しそうに逸話を喋りながら、家族構成を記入している。

「嘘つけ」と六郎が呆れた。旦那さんのＳＮＳなどから、家庭内に交流がないのはわかっているのだ。

先日の連休も、旦那さんとレリちゃんは、二人だけで旦那さんの実家に泊まっている。

『あとはここに、代行してほしい内容を書けばいいんですよね』

そう「レリちゃんママ」は訊いたが、そこでボールペンの音が途絶えた。

『なんて書こうかなぁ』『どうしよう』『思いがけず亡くなった時に、後悔のないようにしたいですもんね』と「レリちゃんママ」が四寿雄にアドバイスを求めるかのようなひとりごとを連発する。

四寿雄はごく当たり障りのない言葉で応じた。

『ゆっくりでいいですよ、焦らないで。何時間でも待ちますから』

『シズオお兄さん？』

ふいに十遠の声が聞こえて七重は肝を冷やした。十遠が帰宅し、事務所を覗《のぞ》いたのだ。

『ナナエお姉さんは？　買い物袋が出しっ放しなんですよー。あ、ごめんなさい』

来客に気づいた十遠に、『こんにちは』と「レリちゃんママ」が挨拶する。

『遺言の代行ですか』と訊ねる十遠の声が大きくなった。部屋に入ったらしい。

「うそやだ、テンちゃん。どうしよう」

七重は焦った。いまにも部屋を飛び出しそうになって、六郎に押さえられる。

「トオ！　帰ってきたなら、二階上がって来てー」と八重が階下に向かってのんびりした大声を出す。盗聴器が八重の声を拾ったので、機械からも聞こえて奇妙な感覚だ。

『お、二階でヤエが呼んでるぞぅ』

十遠を遠ざけようと四寿雄も促すが、十遠が出て行く気配はない。

『なんて書くんですか、柏木かなえさん』と無邪気を装って十遠が訊いた。十遠の振る舞いが「子どもであること」を盾に取ったものであると知っている七重は、なにをするつもりなのだろう、と胃が縮むような思いを味わった。

『十遠、部屋を出なさい』

珍しく四寿雄が真面目な声を出した。けれど十遠はそれを無視して「レリちゃんママ」に言った。

『書けないいんでしょう？』

『十遠！』

『誰かになりすましたって、自分の心がわかるわけないじゃないですか。透明人間！』

十遠の言葉が終わるか終わらないかのうちに、ばちん、と音がした。

ほぼ同時に、七重は階段を転げるように駆けおりていた。一拍遅れた六郎と八重が後を追ってくる。

「おまえなんかになにがわかる！」

事務所から「レリちゃんママ」の絶叫が聞こえた。これまでに七重が聞いたためしのない、咆哮《ほうこう》のような凄《すさ》まじい声だ。

七重が事務所に飛び込むと、四寿雄が「レリちゃんママ」と揉《も》みあっていた。

「テンちゃん！」

立ち尽くしている十遠を抱えるようにして、事務所から引きずりだした。追いついた六郎が、七重から十遠を奪うようにして確かめる。

「テン、怪我は？」

「シズオお兄さんが庇ってくれたから」と首を振った十遠が、声を震わせた。いまごろになって思い出したように震えだし、目の縁に涙がにじむ。

「レリちゃんママ」は四寿雄を相手に、唾を飛ばしてわめいていた。言っていることの大半は聞き取れない。

手を振り回したり、制止を振り切ろうとするたびに、積みあげてある雑誌の山が崩れた。叩かれた頬を赤く腫らした四寿雄は反撃せず、ひたすらなだめている。

「レリちゃんママ」の両頬には、涙で流れたマスカラの黒い筋がついていた。テーブルや事務机にぶつかり、四寿雄を突き飛ばして怒鳴り散らし、やがて、力尽きてその場に頽《くずお》れる。

待合室で十遠を庇うように囲んだまま、七重たちは動けずにいた。「レリちゃんママ」の荒い呼吸が聞こえるだけになってようやく、事務所のドアに近づく。

四寿雄の顔は酷《ひど》いことになっていた。頬を叩かれただけでなく、爪の引っかき痕もつけられている。よれよれのTシャツも、さらにクシャクシャだ。

ゆっくりと、四寿雄は「レリちゃんママ」の前でしゃがんだ。

「うちの遺言ノートには、生前、どうしても口に出せなかった想いこそを書いてください。それを叶えるのが、ぼくたちの仕事ですから」

その言葉を聞いた途端、「レリちゃんママ」がもの凄い形相で四寿雄をにらんだ。

「そんなこと出来るわけがない、と思ったんでしょう？　つまりあなたは、生きていて、ご自分でやらなければ叶わないことを思い浮かべたんですよね」

歯を食いしばった「レリちゃんママ」に、四寿雄は言った。

「まだ変われますよ。大丈夫です、恭美《やすみ》さん」

「気休めなんか言わないでよぅ――」

名前を呼ばれた「レリちゃんママ」が、子どもみたいな声で言って泣き始めた。俯いて涙を拭いもせず、膝に落ちるに任せている。

「十遠、こっちに来て謝りなさい」

真顔の四寿雄に言われて怖じけづいたように後ずさった十遠が、意を決したように恭美さんに近づいた。

「ごめんなさい」

蚊の鳴くような声に、恭美さんは反応しなかったが、両の拳を握った十遠は続けた。

「でも、レリちゃんを見てあげて。ちゃんと、そこにいる子なんだから――」

七重たちは四寿雄に手ぶりで追い払われた。二階の六郎の部屋に戻る。

驚いたことに、六郎が自主的に盗聴器のスイッチを切った。恭美さんのすすり泣きがいたたまれなかったのだろう。

「何であんなこと言ったの、テンちゃん」と七重は訊いた。

迷うような目をした十遠が、ややあってから「ママを思い出して」と重い口を開いた。

「ママは妬んでばかりで、いっつも誰かになりたがってました。それが凄く嫌だった」

「透明人間ってのは、なに？」と六郎が訊いた。あの場にそぐわない言葉だったので、耳に残っていたのだろう。

「ママのことです。きょろきょろと人のことを見てばかりいるから、ママは自分がなんにもない。それって透明人間と同じだって、ずっと思ってて」

亡くなった十遠の母親が、むら気で難しい人だったのは七重も聞いている。「透明人間」とつぶやくことは、真っ向から母親を批判すればどうなるかを承知している十遠なりの、せいいっぱいの罵倒だったのだ。

「だからおまえは、娘の気持ちがわかるんだな」と六郎が十遠の頭を撫でた。

レリちゃんを見てあげて。それはもしかすると、十遠が母の美月さんに言いたかった言葉なのかもしれない。

よそ見ばかりして、他人の幸せを辿るのじゃなく、こっちを見て、ママ。

恭美さんが帰ったのは、それから一時間ほど経ってからだった。

「もう降りてきていいぞぅ」と四寿雄がきょうだいを呼びに来る。

「大丈夫だったの、あの人？」

恭美さんの取り乱しぶりを、八重は危ぶんでいた。

「大丈夫だよ」と四寿雄が請け負う。「きちんと、落ち着いて帰って行ったから」

「ごめんなさい、お兄さん」

十遠が深く頭を下げた。傷だらけの顔を見ると、胸が痛むのだろう。

「肝が冷えたぞぅ、兄ちゃんは」と四寿雄は笑って十遠の頭に手を置いた。十遠がうなだれると、声の調子を和らげて打ち明けた。

「ここだけの話だけどな、じつは兄ちゃんも、同じことを言うつもりだったんだ」

「って、シズオちゃん！」

「もちろん、もっとうまい言い方は考えていたさぁ」と四寿雄が七重に弁解する。

本当だろうかと七重は疑いの目を向けた。けれどまあ、口だけは上手い四寿雄だ。結局は丸く収めたのかもしれない。

「で、かなえさんの真似を復活させたのは、死にたい願望だったたわけ？」

ふざけた調子で訊ねる六郎に、四寿雄が応じた。

「そうじゃなかったみたいだよ。はっきりとは言わなかったけれど、注目してほしかったんだろう」

「注目って、誰に？　柏木さん？」と目を瞠る八重に、四寿雄は否定する。

「特定の誰かじゃなく、みんなに、のようだよ」

「わたしはヤバい人です、ってか」と六郎はせせら笑うが、「透明人間」にとっては不慮の死で亡くなった知人の「真似」も、必死に上げた「声」だったのだと七重は思う。

「恭美さん、おかしいことをしている自覚はずっとあったみたいだ。――自分に自信を持ちにくい育ちだったようだよ」

　ぽつりと言った四寿雄の言葉が、七重の胸にしみた。

☆

　恭美さんは、その日を境に「真似」をやめた。

　更新が頻繁だったSNSやブログも止まった。SNSの最後の書き込みは、来所から三日後のものだ。

『透明人間とか、ふざけんな』

　四寿雄が報告の連絡を入れると、「殺してくれ」と頭を下げた時とは打って変わって、柏木さんは素っ気なかった。仕方のないことだよ、と四寿雄は笑った。柏木さんにとって「レリちゃんママ」は得体の知れない存在で、脅威が去った以上は遺言代行も含めて思い出したくないことなのだ。

「まあ、自分が妻を顧みてませんでした、って、うちに突きつけられたわけだし？」と六郎が皮肉を言う。

六郎は恭美さんの旦那さんのＳＮＳもチェックし続けているが、こちらにも変化はなさそうだ。もちろん、ものごとはすぐには変わらない。遅すぎることだってある。

恭美さんが、この先どうしていくのかもわからない。もしかしたら、ふたたび誰かを真似する「透明人間」に戻ってしまうかもしれない。

それでも七重は、今回協力してくれた五武の知り合いが寄せてくれた続報を信じたい。

あの後、恭美さんとレリちゃんが、外食する姿を見るようになったそうだ。ぎこちなくテーブルを挟んで向かい合っていたと聞いて、十遠が詰めていた息をそっと逃がした。

「亡くなったかなえさん、ほっとしているんじゃないかしら」と言ったのは承子さんだ。

「同じ子を持つ母として、我が子をないがしろにする姿を見るのはつらいもの。ましてや、自分に執着するあまり、顧みてもらえない子がいるなんてね。たまらないわよ」

「シズオちゃんも似たようなことを言っていたよ」と七重は応じた。

だから四寿雄は、こんなふうにかなえさんに語りかけて依頼に幕を下ろしたのだろう。

「亡霊は消えたよ、かなえさん。これからっていう時に無念だったと思うけれど、せめて一つ、安心していいから」

それからそう、七重はあのシュシュを承子さんにあげた。やっぱりどうしても、一度躓いた気持ちから抜け出せなかったのだ。

「あら、捨てるならちょうだいよ」と持っていった承子さんは、家事をする時にシュシュを使っている。さすがに若向き過ぎて、外へはつけていけないそうだ。

☆

明日から十月というその夜、四寿雄の部屋に夜食のカップラーメンを運んだ七重は、二階から凄まじい勢いで駆けおりてきた九重に出くわした。片手にスマホを持っただけでスニーカーを突っかけ、夜の戸外に飛び出してゆく。

呆然と見送った七重は、旧診療所時代の壁かけ時計に目を走らせた。午後十時すぎ。

「どうしたんだ、九重は」と四寿雄が受付窓から顔を覗かせた。

「わかんない。ライブのチケットとかの払いこみの期限かなぁ」

この時間に泡を食ったように飛び出していくとすれば、そのくらいしか思いつかない。

それにしては財布を持っていなかった気もするのだけれど、などと呑気《のんき》なことを思いながら、七重はなんとなく待合室で時間を潰した。

四寿雄も気になるようで、カップラーメンを立ち食いしながら窺っている。

やがて戻ってきた九重は、二人の女性を連れていた。一人は五十代くらいの、身なりのよい婦人。もう一人は美晴だ。

「シズオ呼んで」

七重から目をそらしたまま九重が言った。美晴は美晴で、泣き腫らしたような目をして俯いている。

会話が聞こえていた四寿雄が、発泡スチロールの器を置いて出てきた。

「真名辺でございます。真名辺美晴の母親です」

「弟がお世話になっております。兄の四寿雄です」と四寿雄が要領を得ない挨拶をした。

こんな時間にいきなり、弟のカノジョとその母親が訪ねてきたのだ。無理もない。

「そちらさまは父子家庭で、お父さまは長期不在と窺っております。息子さんの所業について至急話し合いたいのですが、いつ頃お戻りになられますか」

「あいにくいま国外でして。それよりも、弟の『所業』と言われると――」

喧嘩腰の母親に口ごもりながら応じると、母親が四寿雄を見据えた。

「娘が、おたくさまの息子に妊娠させられました」

第2話　スペアの遺言

1

藤川家から母娘を送りだした頃には、深夜十一時半を回っていた。中央が曇ったガラスの玄関を、停車したタクシーのハザードランプがオレンジ色に染めている。

表に出ているのは、四寿雄と九重だ。美晴たちをタクシーに乗せながら、頭を下げまくっているのだろう。

「たまに遅く帰ったと思ったら、これだよ」

待合室の奥にある階段に腰かけた八重が、前屈みになって膝に頬杖《ほおづえ》をついている。部活動を終えた足でクラスメイトと遊びに出ていたため、まだ制服のままで、荷物も壁際に放り出されている。

「あいつにしちゃ、やるじゃん」

弟の「所業」について、八重がそんな感想を述べる。

「ヤエ」とたしなめた七重に、八重が続けて訊いた。

「だけど、ニンシンってさあ。ガチなの？」

「すげかったぜ？　美晴のオカン、マジギレでわめきまくり」と六郎がにやにやした。

リビングに通された美晴の母親の声は、待合室にいても聞こえてきた。ものすごい剣幕で、盗聴器を仕込んでなかったことを六郎が激しく悔いたほどだ。

「二人とも、身に覚えがあったみたいなんだよね」と七重は言った。

じつはそれが、もっとも衝撃的だった。なんだか変な感じだ。クラスメイトから、そういう体験を打ち明けられるのとは違う。

「最近、あいつがおかしかったのは、それでか」と八重が納得した。「まあ、普通にビビるよな。カノジョから生理遅れてるなんて相談されたらさ。そんな経験ないけど」

七重は相談する側の性だが、そんなことになったら凍りつくだろう。

「とにかく、テンちゃんが寝ちゃったあとでよかったと思うよ」

その点だけは、夜遅い来訪に感謝だと七重は思った。さいわい、十遠の部屋は住居スペースの一番奥なので、リビングの音が届きにくい。

五武はまだ戻っていない。たしか今夜は会合だか接待だかのはずだ。

「しっかし、どうするんだろうなぁ、あいつら」

「不謹慎だよ、六郎くん」

わくわくしている六郎をにらんだが、七重もそこは案じていた。

「クーの学校の校則って、どうなってるんだろうね。うちは、妊娠が学校にばれたら、問答無用でアウトなんだけれど」

七重の通う一貫教育の女子校は、校則の厳しいことでも有名だ。

「実際、退学になった生徒っているの？」と八重に訊かれ、七重はうなずいた。

「去年の夏に、同級生が一人。今年の二月にも三年生がバレたんだけど、親が拝み倒して卒業だけはさせてもらったって噂だよ」

二学年上の先輩の話なので、真偽はさだかではないが。

タクシーのヘッドライトの光が、すうっと流れて消えた。見送り終えた四寿雄たちが戻って来る。

引違戸を開けて玄関を入ってきた九重は、きょうだいの姿を目にすると、ぎくりと足を止めかけた。突っかけていた学生靴を蹴り飛ばすように脱ぎ捨て、階段の真ん中に陣取った八重を押しのけて二階の自室に籠もる。

それを見届けた後で、四寿雄が長いため息をついた。もじゃもじゃヘアを掻《か》きあげるしぐさが疲れ切っている。

「話し合い、どうなったのシズオちゃん」

「とりあえず、早いうちにあちらの家に伺って今後の相談をすることになった」

「たったそれだけ決めるのに、一時間以上もわめいてたのかよ、あのオカン」と六郎が呆れたように言った。

「うんまあ、しかたがないさ」と四寿雄。「ご両親にしてみれば、こっちを責めたくなるのももっともだと思うよ」

「フッー、双方の合意でやるもんだろセックスって」

「そうだけれど、慣習的にも男側の方が責任が重いことになっているからなぁ。何かあった時に負担を強いられるのは女性だし」

「で、結局どうすんの？」と八重が訊いたのは、出産か堕胎かの選択のようだ。

「それを、後日決めるんだよ。と言っても、ふたりともまだ高校生だからなぁ」

答えはおのずと出ているようなものだ、と四寿雄は言外に言っていた。

二日後、四寿雄は九重と実母の承子さんを伴って真名辺家へ赴いた。

本来は父である三理がすべきことだが、撮影で向かった先がいつものごとく僻地《へきち》だ。急遽《きゅうきょ》帰国するにしても日数がかかる。

「あらためて謝罪するにしても、こういうことは早い方がいいから」と四寿雄にアドバイスしたのは承子さんだった。同行を申し出たのも承子さんで、頼りなげな兄のみよりも、継母といえども「親」がいる方が心証がいいはずだから、と嫌な役を買って出てくれたのである。

夜、四寿雄はスーツを着て出かけていった。仕事柄、喪服はたまに着るが、七重が普通のスーツ姿を見るのは、これが初めてかもしれない。

「なにかあったんですか？」と十遠に問われたが、七重は曖昧な言葉で濁した。どんなにおとなびていようと、小学三年生に話す内容ではない。

十遠はもちろんごまかされてはくれなかったが、訊いてはいけないのだと察してくれた。「そうですか」とあっさり引き下がる。

四寿雄たちは三時間ほどで帰宅した。珍しいことに、承子さんが一緒だ。

リビングに現れた承子さんは、「おみやげよ～」とお寿司の折り詰めをテーブルに置いた。地元の有名店のものだと知って、七重は目を瞠《みは》る。

「話し合いって、このお店でしたの？」

「違うわよ。あちらにうかがった後で寄ったの。九重くんがあまりにも落ちこんでいるから、景気づけのつもりだったんだけどね」

「承子さん、それはちょっと――」と七重は語尾を濁した。

「あらやっぱり？　ナナちゃんでも、そっとしといてほしい？」

「さすがにこの場合は」

ことがことだけに、ショックが尾を引いている間は励まされたくない気がする。

八重も同様に思ったようで、折り詰めを開ける手を止めてうなずいている。

「じゃあ、悪いことしちゃったわね。ママハハ相手じゃ断りにくいし」と承子さんは診療所スペースの方を気にした。九重は今夜も、帰り着くなり自室に直行したようだ。

「曲がりなりにもメシを食ったんだからさ、それでいいよ」

「そうかもしれないけれど。お兄ちゃん、あなたはさっきも食べたじゃないの」

きょうだいに混じって寿司を頬張る四寿雄に、承子さんが呆れた。もう終わり、とばかりに息子の手を叩《たた》いて、折り詰めから遠ざける。

「夕食の話なら、みんなだって食ってるはずだぞぅ」と四寿雄が涙目で抗議すると、六郎が皮肉を言った。

「しょっぽい野菜炒めをな」

「あれは鮭のちゃんちゃん焼き」と七重は語気を強めて訂正した。六郎は、野菜が多めのおかずは、必ず貶《けな》すのだ。

「もう十時なので、わたしは寝ますね。おやすみなさい」

寿司を三つほどつまんだ十遠が、挨拶をして部屋を出る。背中を見送った承子さんが、複雑な声を出した。

「相変わらず、空気読んじゃうのねぇ」

「さっき二人が出かけた時、あたしが曖昧な返事をしたせいだと思う」

こんなふうに気を遣われると、罪悪感が湧く。そして、変な誤解をしていなければいいなとも思う。

「話し合いの結果は、一昨日ちらっと言ったようになったよ」

「それって、二人とも学生だから——っていうあれだよね」

堕胎という言葉を避けた七重に、四寿雄がうなずいた。

「双方の不利益になるから、ことを荒立てずに出来るだけ早く済ませてしまいたい、というのがあちらの希望でね」

「それって、学校にバレる前に、闇に葬るってこと？」

八重の問いを、四寿雄が肯定する。

「うちは意見を言える側じゃないから、同意したんだ」

「ダタイ費用はこっち持ち？」と六郎がわざと七重の避けた言葉を口にする。

「性格悪いなぁ、六郎くん」

七重はにらんだ。これは、ふざけていい話じゃない。

「でさ」と四寿雄が話を続けた。「残念だけど、二人は別れたよ」

「えっ」「マジ、なんで?」と七重と八重の声がかぶった。

「先方の希望でね。それが当然のけじめでしょう、って」と承子さん。

「けじめ」と七重は繰り返した。承服しがたい。「これからはお互いを大事にして、時期が来たら結婚、っていうならわかるんだけど」

「そういうけじめもあるけれど、すべての関係を清算して二度と関わらないっていうやり方もあるのよ」

「向こうの親は、そっちを望んだってこと？」と八重が反発を含んだ声で訊ねる。

承子さんは、そうだと認めて顎を引いた。

「あちらは、娘さんを傷物にされたと思っているわけだもの」

「クーと美晴ちゃんは、それで納得したのか？」

「してないと思うぞぅ。だから兄ちゃんは、そこは本人たちの意思に任せたいと言ったんだけどなぁ」

「鼻で笑われたわね」と承子さんが結果を暴露した。

「美晴ちゃんのご両親って、どういう人？」と七重は訊いた。

「お二人とも、五十代はじめかしら。厳格そうだったわね。お父さまは一流企業にお勤めで、お母さまは習いごとの講師をされているんだそうよ」

「あー、じゃあうちとは合わないっスね。片親、放置ぎみ、異母きょうだいテンコ盛り」

自嘲するように六郎が挙げた。家庭事情で「区別」されるのは悔しいが、それが現実でもある。

「なんか、いたたまれない」

九重の気持ちを思って七重はつぶやいた。「失敗」に動揺しているところへ、自分を否定するような決定を、相手の両親が下したのだ。

「当分は、そっとしておくしかないだろうなあ」と四寿雄がもじゃもじゃヘアを掻く。

九重だけでなく、美晴もだろうと七重は思った。このまま縁が切れてしまうかもしれないけれど、こんな別れ方ではどうしようもない。

「それじゃあ、とりあえずわたしは帰るわね」

「ありがとう承子さん。クーのことで、ご迷惑をかけました」

三つ子の代表で七重が頭を下げると、カラカラ笑った承子さんは、椅子に乗せていたクロコダイルのハンドバッグを指に引っかけた。

「水くさいこと言わないの。こういうのもママハハの特権」

「いや、特権は違うと思う」と八重がつっこみを入れた。「子どもの不始末の尻ぬぐいって、実の親でもやりたくないことでしょ」

「ははは、こんな程度」

承子さんが笑うと、四寿雄が居心地悪そうに肩をすぼめた。

「いまはいい思い出よ。ねーぇ、お兄ちゃん」と承子さんが追い打ちをかけると、四寿雄は母親を追い出しにかかった。

「ほ、ほら。送ってくからさ、かーちゃん！」

「じゃあねぇ、お休みなさーい」という承子さんの声が、廊下から聞こえてくる。

リビングルームに残った七重は、兄弟と顔を見合わせた。

「シズオちゃんてさぁ」

「よっぽど酷いことをしてきたんだな」と八重が確かめると、六郎がしたり顔で応じた。

「それも複数回な」

☆

真名辺家との話し合いから二日ほど経ったその日、四寿雄のもとに九重の担任から電話がかかってきた。

「学校から呼び出されたよ。明日の放課後、来て欲しいそうだ」

部屋のドアをノックして言った四寿雄に、九重が愕然とした。

「なんで保護者呼びだし?」

「学校側が、妊娠を知ったようなんだ。二人の交際のことで、と言っていたから」

階段を上がりながら四寿雄の声を聞いた七重は、その場で足を止めた。畳んだ洗濯物を各部屋に配りに行く途中なのだが、顔を出しにくい。

「真名辺さんも呼ばれているそうだから、事実関係とか、今後の確認だと思うよ」

「誰だよ、チクったの!」と九重が吐き捨てるような声を出す。

「ダダの帰国、間に合わないから兄ちゃんが行くな」

ダダというのは、父・三理の家庭内での綽名《あだな》だ。子どもたちは「ダディ」の変形として、承子さんは「だらしない旦那」の略として使用している。

三理の帰国は、来週末の予定だ。これでも精一杯、予定を切り詰めてのことらしい。

「事実関係なんて、確認してどうするんだよ。うちの学校、ナナのところとは違って、妊娠即退学じゃないのに」

「それでも、知ったからには見過ごしにには出来ないだろう？　生徒のことだ」

「学校には関係ないだろ！　どうせ、なかったことになるんだから！」

ドスン、と音がした。九重が拳で壁を叩いたようだ。

「なかったことになると思うか？」

四寿雄が訊いた。静かな声だった。

洗濯物を抱えたままの七重は、自分を支えるために壁にもたれる。

九重たちの学校は、生徒が妊娠しても、堕胎すればそのまま通うことが出来る。男子生徒については、罰則は特に明記されていないらしい。

けれど、そこで芽生えたばかりの命が失われるのは確かだ。以前と変わらない生活が送れることと、なにもなかったことは、違う。

「俺、ちゃんと避妊したし。美晴だって、大丈夫な時期だって言ったんだ」

「女性の体のリズムは、あくまでも目安だよ」

「知ったふうな口をきくなよシズオ！　じゃあ、あんたは誰ともしたことがないのか？」

「そうじゃないよ。妊娠させたこともないけれど、この件でおまえを責めているわけでもない」

「じゃあ、嘲笑《わら》ってんの？　あーあ、やっちまったな。ざまあ？」

「九重」

たしなめられた九重が、ぐっと言葉を飲み込むような間を空けてから、言葉を押し出した。

「とにかく、シズオが明日来るのはわかったから」

「うん。じゃあ、学校でな」

九重の部屋のドアが荒い音を立てて閉まり、四寿雄が階段へと引き返してきた。

いまさら逃げ隠れ出来ず、七重はばつの悪い思いで、長兄と顔を合わせる。

四寿雄は階段の壁にへばりついた七重を見ると、目を丸くした。次いで「わかってるよ」というようにうなずき、子どもにするように七重の頭をぽんぽんと叩いて階段を下りてゆく。

立ち聞きを許されたような気がして、七重はほっと息をついた。足音を殺して二階へ上がると、兄弟たちの部屋の前に洗濯物を配達する。

階下へ戻ると、事務所の電話が鳴っていた。四寿雄はいま下りていったばかりなのに、いっこうに受話器を上げる気配がない。

「シズオちゃん？　電話鳴ってるけど」

「頼むぞぅ」とトイレの中から声がしたので、顔をしかめた七重は空の洗濯かごをドアの前に置き、事務所に入って電話を取った。

「はい、藤川です」

『あのう、オオシマトシアキのことなんですが』

ぼそぼそとした男性の声が、前置きもなくそう始めた。

「はい」と応じた七重は、電話のすぐ横に置かれたペン立てから、芯の減った鉛筆を選び出す。「オオシマトシアキさんですね」

『はい。それで、死んだんです。なのでよろしくお願いします』

「えっあの」

七重が慌てて問い返そうとするのも聞かず、男性は聞き取りにくい声でそう続けると、ぶつりと電話を切った。

2

大島寿輝《おおしまとしあき》さん。四十一歳。

高校卒業後、住宅メーカーに就職し、都内の実家で暮らしている。

家族は父親の浩一《こういち》さんと母親の輝子《てるこ》さん。

寿輝さんはまじめな仕事ぶりで、部署内の評判も悪くない人だった。浮いた噂もなく、家と会社との往復を淡々とこなしているようだったという。

☆

「両親の手助け」と八重が、遺言ノートを読み上げた四寿雄の言葉を繰り返した。

トイレから戻った四寿雄に七重が電話の内容を告げた後、さっそく待合室にきょうだいが呼び集められている。

五武はあと少しで家に着くそうだ。九重は、呼びかけに応えなかった。

「つか、手助けってなによ、どういう手助け？」

意味がつかめないらしく、六郎も眉根を寄せている。

「読んで字のごとくだよ」と四寿雄がノートをきょうだいに見せた。

「また、見事に真っ白」と七重は呆れた。大島さんの遺言ノートは、自身についての項目はある程度埋められているものの、肝心の「希望する代行」欄には「両親が希望するときに手伝いをする」の一文のみだ。

「それに、ご両親の連絡先はどこですか？」

十遠の指摘どおり、両親の名前のみで、住所も電話番号も添えられていない。

いや、それ以前に、連絡先らしいものは一つも記されていない。

「おまえさぁ、いい加減にしろよシズオ」と六郎がため息をついた。「また俺らに、この少なーい情報から、連絡先を割り出せっていうのか？」

「いやぁ、そうじゃないんだよ」

「何が『そうじゃない』んだ？」

玄関の引違戸を開けて入ってきた五武が、四寿雄の言葉を聞き咎めて胡散臭《うさんくさ》そうに見《み》遣《や》る。

「お帰り、イツ兄」と応じた八重が、かいつまんで説明した。うんざり顔になった五武が、四寿雄に問う。

「今回こそは、ちゃんとした理由があるんだな？」

「あるある、あるぞぅっ。大島さんの願いは、『両親が困ったら助ける』なんだよ。うちの電話番号を自宅に残しておくから、連絡が来たら対応してほしいらしい」

「つまり、こちらからのアプローチはしなくていいわけか」と五武が怪訝そうに確認した。「まあ、それが希望なら文句を言う筋合いはないが」

それでいいのだろうか、という疑問が残るようだ。

「遠慮して、電話してこない可能性もあるよね」と七重は訊いた。

「兄ちゃんもそこは確かめたんだけど、その時はそれでいいらしい」

四寿雄の答えを聞いて、きょうだいは「はあ」と曖昧な声を漏らした。

「何となく、納得出来るような出来ないような」と八重。

すっきりしない、宙ぶらりんな依頼である。そういえば、さきほどの電話の声も、聞き取りにくい煮え切らないようなそれだった。

「大島さんってどんな人だったの、シズオちゃん」

「真面目そうな人だったなぁ」と即答がある。「緊張していたし、世間話は苦手そうだったよ。ぴしっとしたハンカチで、ひっきりなしに汗を拭いていたっけ」

「で、この依頼期間はいつからいつまでだ？」

五武が遮るように訊ねたとたん、四寿雄が口をOの字にあけて固まった。

「阿呆《あほ》かシズオ」と八重。「おまえ、よそのジジババのパシリを死ぬまでやンのかよ？」

「契約上だとそうなるよな」と六郎がニヤニヤした。「やっちまったな、シズオ。生涯奴隷決定」

「そういうとばっちりって、こっちにも来ると思うんだけど六郎くん」

七重が言うと、一瞬絶句した六郎が四寿雄に責任を押しつけた。

「ちょっ。ふざけんな、おまえだけの責任だからな、シズオ」

「まあ、ともかくだ。もし連絡が来たら、先方に期限を切っておけ。もちろん、出来ないこともあるとはじめに言うほうがいい」

「もちろん、そうするつもりだったぞぅ」

五武のアドバイスに四寿雄はそう応えたが、空威張りなのは皆にバレている。

「とりあえず、この依頼はジジババの連絡待ちってことで」

八重がそう締めくくって、その夜は解散になった。

☆

翌日、九重の通う高校で、本人と保護者を交えた面談があった。

学校側の出席者は担任と学年主任、そして養護教諭だったそうだ。

養護教諭が同席したのは、気分が悪くて保健室を利用した美晴の体調の変化に気づき、担任に報告した関係だったらしい。

担任に問われ、美晴は妊娠を事実と認めた。

学校側からは、出産を希望するなら自主退学、学業に戻るなら中絶が条件だと説明があり、美晴はうなずいたという。

とりあえず、美晴は今後のことを決めるまでは出席停止となり、九重は反省文の提出を求められた。自宅謹慎や停学などの処分にしないのは、生徒間で噂が広がるのを防ぎ、これからも学校生活を支障なく送れるようにするための「配慮」だという。

「配慮かぁ。呼びだしを受けた時点で噂にはなっちゃう気がするんだよね」

帰宅した四寿雄から面談のあらましを聞いた七重はつぶやいた。

事務所の小汚いソファに座っているのは、七重だけだ。昨日偶然立ち聞いてしまった関係で、結果を教えてもらっている。

九重はまだ帰宅していない。学校を出たところで、別れたという話だ。

ネクタイの片端を持ってワイシャツの襟からだらしなく引き抜いていた四寿雄が「そうだなぁ」と応じた。

その口調は、どことなく歯切れが悪い。

「シズオちゃん？　二人とも、いわゆるお咎めはなかったんでしょ？　なのに、気にかかることがあるの？」

「そうだなぁ」と四寿雄が繰り返す。上の空だからなのか、はぐらかすつもりなのかは判断がつかない。

「ナナは、美晴ちゃんと連絡を取っているのか？」

「ううん」と七重は首を振った。「そっとしておいた方がいいかなと思ってたところに、クーと別れたって聞いたから」

そのままタイミングを逃した形になり、今に至っている。

「変なことを言うようなんだが、ちょっとだけつながりを持っていてくれないかな」

四寿雄の思いがけない頼みに、七重は目を瞠った。

「あたしが？　べつにかまわないけれど——」

どうして、と問う代わりに、四寿雄を見つめる。

四寿雄は眉尻を下げた表情で、言葉を探していた。ややあって、口を開く。

「この先、大変な思いをするんじゃないかと思うんだ」

「うん、それはあたしも思うけれど」と七重は言葉を濁した。

美晴には、元カレシの姉などより、ずっと親しい友人がいるはずだ。

「言いたいことはわかるよ。けどさ、気にかけてあげてほしいんだ」

「って、どんなふうに？」

七重は焦った。もし美晴が親友だったとしても、出来ることもかけられる言葉も、もの凄く限られている。

「いまは、なにを言っても地雷になりそうでこわいよシズオちゃん」

そこまで親しいわけではないので、なにが禁句かの判断もつかない。

「慰めなくっていいんだ。ただ、美晴ちゃんがナナの存在を思い出してくれるようにさぁ」

さりげなく難易度の高い頼み事に、七重は閉口した。押しつけがましくなく、かつ、味方だとアピールするって、いったいどうすればいいんだろう。

悩んだ末に、七重はラインで画像を送った。美晴が「一番癒やされる」と言っていた、共通のお気に入りキャラクターが、居眠りしているそれだ。

すぐに返信があった。ありがとうを意味するスタンプが押されている。

　ひとまず、無視されなかったことにほっとした。

「こんな感じで、時々やり取りするのでいい？」とスマホの画面を見せながら、七重は訊ねた。負担になりたくないので、頻度は週に一度とか、そのくらいで考えている。

「うん、いいよ。ありがとうな、ナナ」

「お礼なんていいよ。あたしも気になってたし」

　そう応じた七重は、四寿雄の言葉を待ってみた。四寿雄はまだ、「なぜ七重にお節介を焼かせるか」について、きちんと答えていない。

　四寿雄自身も、七重の視線の意味に気づいているようだった。それでいて、自分から話そうとはしない。

「ふいー、疲れたぞぅ。コーヒー淹《い》れてくれるかなぁ？」

　くたびれた回転椅子に座って、思いきり伸びをして言う。

これは口を割らなさそうだ、と七重は見切りをつけた。床に放り出されたネクタイを拾ってハンガーに掛けて、キッチンへ向かう。

キッチンに入ると、六郎がドアを開けた冷蔵庫の前でしゃがみ込んでいた。なにをしているのかと覗《のぞ》くと、スライスチーズを食べ散らかしている。

「六郎くん。せめて、冷蔵庫閉めてからやってよ」と文句を言うと、六郎は最後の一枚のフィルムを剝がし、口に放りこんでから立ち上がった。

「もっとちゃんとしたチーズ買っとけよ」

「っていうか、朝食に使うやつを食べちゃったんだから、あとで補充しておいてよね」

七重が抗議すると、にやにやした六郎は、七重の肩を押しのけてキッチンから出て行ってしまった。床にはチーズを包んでいたフィルムが散らばったままだ。

「もう」と声をあげた七重は、拾い集めて捨てた。

最近の六郎の態度は、さすがに目に余る。多少横暴でも、とにかく学校に通い始めたのだからと黙認していたのが、裏目に出たようだ。

それに、夏休みが明けた辺りから、六郎は休みが多い。よれよれのスウェットを着ていたところを見ると、今日も登校していないのだろう。試験休みだの、課題作成期間は自由登校制だの、いろいろ理由はついているけれど——。

正直なところ、七重は疑っている。

コーヒーを運ぶついでに、四寿雄にその話をしてみた。耳を傾けていた四寿雄は、お気に入りのマグカップからコーヒーを啜《すす》りながら応じる。

「うーん。兄ちゃんは専門学校に行ったことがないからなぁ」

システムを知らないから、六郎の説明の真偽もわからない、と言いたいらしい。

「でも、いつも煙草くさいよね」

賛意を得られなかったので、七重はつい、六郎を悪く言ってしまった。

家で吸っているのは見たことがなかったが、服や髪から残り香がする。もっともすでに成人しているので、喫煙自体は違法ではない。

自分が恥ずかしくなって、「ごめん、いまのなし」と七重は発言を撤回した。うなずいた四寿雄が、うつむいた七重の手を軽く叩いた。

「大丈夫。兄ちゃん、しばらく耳を掃除してないぞぅ」

聞こえなかったよ、という意味だというのはわかっていたけれど、七重は思わず叫んで飛び退いた。

「やだっ。ちゃんと耳かきしてよ、シズオちゃん！」

☆

大島寿輝さんのお母さん、輝子さんから電話が来たのは、それから数日後の夜のことだった。

「なんか、電球が切れたそうだから、いまから行ってくるよ」

夕食後の片付けをしていた七重たちに、連絡を受けた四寿雄が言い置いて出かける。

「電球？」と七重は十遠と顔を見合わせた。

「大島さんのおうちって、都内だったはずじゃあ」と七重。

「それにこれって、便利屋のお仕事ですよね」と十遠。

「うんまあ、困った時に助けるって遺言なわけだから、内容が便利屋さんっぽくなるのは仕方がないことかもしれないけれど」

四寿雄は副業で便利屋も営んでいるし、風変わりな依頼も時々ある。

「だけど、お父さんもいたはずだけどなぁ」と七重は寿輝さんのプロフィールを思い出した。

年配の女性が脚立に乗るのを不安に思うのはわからなくもないが、それならばご主人が代わりにやればいいことではないだろうか。

「カンパニーとしては、シズオお兄さんが代行料をいくらもらっているかが気がかりですよね」

「本当だよ」とドライな十遠の発言に同意した七重は、思い出してメールを打った。

「お姉さん、お兄さんになんて？」

「いい機会だから、ちゃんと期限を切ってきてね、って」

「グッジョブです」と十遠が真顔で親指を突き出した。

大島さんのお宅は、藤川家から電車で三十分ほどの場所だった。

四寿雄がチャイムを押すと、出てきた輝子さんが、こちらが申し訳なく思うほど恐縮したという。

「すみませんねえ、こんなことでお呼び立てしたりして。でも、息子が困ったことがあった時には、どんなことでも相談していいから、と言っていたものですから」

七十歳前後に見える輝子さんは、腰をかがめて幾度もそう繰り返し、自宅に四寿雄をあげた。

クーラーのほどよく効いたリビングには、ご主人の浩一さんが小型犬とくつろいでいた。

「ああどうも、なんだか無理を言って申しわけありませんね」と挨拶されたという。

会釈をした四寿雄は、問題の部屋に案内してもらって、脚立を借りて電球を外した。

買い置きを問うと「ある」というので、該当する新品と交換したらしい。

所要時間は五分ほど。

待合室で四寿雄を迎えたきょうだいは、その顚末《てんまつ》を聞いて呆れた。

「その五分のために、往復一時間も電車に乗ったのかよシズオ」と八重。

「そういう仕事だからなぁ」と四寿雄はさほど苦にした様子もない。

「つか、なんで自分らでやんねぇの？　バーさんだけじゃなく、ジーさんもいたんだろ？」

ソファにあぐらを掻いた六郎が、見下すような顔をした。

「お年寄りだから、家電や電気関係は疎いのかも知れないなぁ」

「いままではきっと、寿輝さんがやっていたんだろうね」

「兄ちゃんもそう思うぞぅ。だけどな」と四寿雄が言葉を切った。

「だけど、なんだ？」

最寄り駅で四寿雄と一緒になって帰宅した五武が眉をひそめた。

この場にいないのは九重だ。あの面談以来、九重は頑なに押し黙って学校と家の往復を続けている。

食事も、ただかき込んですぐに席を立っていた。話しかけるなという雰囲気に気圧《けお》され、きょうだいは腫れ物扱いをしている。

「いやぁ、代行の内容はともかくさ。話が噛《か》みあわないんだよ」

「大島さんと？」と七重が問うと、そうだという。

「寿輝さんが亡くなった連絡を受けて、まだ幾日でもないだろう？　だから兄ちゃんはお悔やみを述べたんだが——」

輝子さんは、それを聞き流したという。

息子を亡くした哀《かな》しみが強く、触れられたくないのかと、四寿雄は言葉を繰り返すことなく家に上がった。

ところが、父親である浩一さんも晩酌後、ゆったりとテレビを見ているし、仮祭壇のようなものもない。

「どう考えてもお葬式から数日って雰囲気じゃなかったから、思い切って寿輝さんのことを聞いてみたんだよ。そうしたらさ、旅行中だって言うんだ」

「旅行中？　亡くなったことの比喩表現？」と八重が訊ねた。

「それが、普通の意味での旅行なんだよ。勤続何十年とかで、長い休みがもらえる制度があって、会社の費用持ちで海外旅行に行ったそうだぞぅ」

「でもあたし、電話で大島寿輝さんは『亡くなった』って言われたんだよ？」

だからこそカンパニーは代行を開始したのだが、場がしんと静まった。

「電話かけてきたの、本人だったりして」

六郎が人の悪い顔をしたため、七重は悲鳴を上げた。

「ちょっとやだ、変なこと言わないでよ！」

男性の声を思い出したのだ。ぼそぼそしていたが、印象としては三十代から五十代といったところだった。

　大島さんは、四十一歳だ。

「まさか覚悟の電話？」と七重は身震いした。「『死にました。だからよろしく』みたいな言い方をしていたんだけど、本当は『これから死ぬからよろしく』って意味だったとか――」

「そんな、一気に飛躍しすぎじゃね？」と八重。

「だけど遺言の執行を頼まれたんだよ？　それって、もう戻らないって意味じゃない」

　泣き声になる七重を面白がって、六郎がうひゃひゃひゃと笑う。

「ロク」

　さすがに四寿雄がたしなめた。五武が七重に、責任を感じるな、と首を振る。

「たとえそうだったとしても、察するなんて不可能だ」

「シズオお兄さん。寿輝さんがどうしているかって調べられますか？」と十遠が訊いた。

　青ざめた七重を気遣うような表情だ。

「やってみるよ。まず、勤め先に電話してみよう」

「休暇中です、って返されたところで、結局生死は不明だけどな」

「六郎。もういい、部屋に行け」

　五武の叱責を受けて、六郎は立ち上がった。ふてくされてではなく、馬鹿にした態度で退場する。

「あれってさぁ、やっぱストレス？」

階段を上がってゆくのを見届けた八重が、誰にともなく訊いた。五武が、曖昧にうなずくそぶりをする。

「あいつ、きちんと学校行ってるのか？」と五武が四寿雄を見遣る。答えようと四寿雄が口を開きかけた時、二階から大きな音がした。

「六郎くん？」

腹いせに当たり散らしているのかと七重たちは二階を見上げたが、位置が違う。六郎の部屋は階段を上がりきったところにあるが、音が聞こえたのは廊下の奥だ。

「クーか」と八重が言った。ちょうど、九重の部屋の辺りだ。

ドスン、ガタン、と物音は続いている。

様子を見てこようと、七重はソファから腰を浮かせた。八重も心なし、こわばった顔をしている。

九重は、三つ子の中でもっとも冷静なタイプだ。感情を露《あら》わにすることも少なくて、ものを投げたりもしない。

少なくともこれまではそうだったのを思うと、ちょっと心配だった。

「まあ、荒れるしかないよなー」と六郎が戻ってきた。どうしても首をつっこみたくなったのだろう。

「あいつ、いま、すっげえヲチられてるし」

訳知り顔でニヤニヤする六郎に、七重は嚙みつくように訊いた。

「ヲチられるって、なに？」

監視を意味する「ウォッチ」が語源の、ネット用語だ。美晴の妊娠は周囲で知らない者はいないらしく、そのことがネット上で噂になっているという。

「現代の井戸端会議はネットだからなぁ」と四寿雄。

『うわ、オワッタ！』『あいつ、ヘタうったな〜』『ダッサ』『ちょっとザマァ』

六郎がネットの海からすくい上げたＳＮＳには、そんな言葉が並んでいた。友人同士でかわしがちな会話ではあるけれど、文字になっているのを見るとこたえた。

身内の七重でさえそうなのだ。当事者の九重はどれほど傷つくだろう。

ひとり、聞かないフリをしている十遠を横目に、六郎が続けた。

「でもあいつなんか、まだマシでさ」

六郎はスマホを操作し、美晴が批判されているやり取りをきょうだいに見せた。ほとんどが中絶に対する非難で、はっきり殺人、と言い切っているコメントまである。

『人殺してまで、学校に戻りたいとか最低』『水子に祟《たた》られればよくね？』

「ひどい」と七重はつぶやいた。他人事なので面白がっているのが、ありありとわかる。

「こういうこと書いてるのは、同級生なのか？」

訊ねた四寿雄に、六郎が肩をすくめて肯定する。

「つか、けっこう仲の良かったヤツ？」

「クーと？」と八重が訊くと、六郎が訂正した。

「クーだけじゃなく、どっちも」

特に、美晴を執拗《しつよう》に攻撃するコメントを書いている女生徒は、美晴の属していたグループのメンバーらしい。

ありがちだ、と七重は思った。ささいなきっかけで、昨日までの大親友が今日からの仇敵になることは珍しくない。

その際は、もともと険悪だった相手よりもひどい関係になる場合が多い。

「このましれっと学生継続したら、ハブるんだってさ。女って、おっかねー」

「いい加減にしてよ、六郎くん！」

七重がかなりきつい口調で言うと、ようやく六郎は笑うのをやめた。

もう、誰に対して怒ればいいのかわからなかった。美晴や九重を、本人の目に触れる形で批判している友人たちになのか、それを面白がっている六郎になのか——。

七重はかつて、九重が言っていた言葉を思い出した。

あれは、若きホームレスの相植男《あいうえお》さんが亡くなり、その遺言代行を果たしていた時のことだ。

相さんが周囲に現状を訴えられず、借金をすることも出来ずに困窮していった理由を、九重はこんなふうに推測した。

『住んでる世界というかステージが違うって思われたら、そこで終わりになるんだよ。そういうの、耐えられないって気持ちはわかる』

一度でも「下」だと認識されたら、そのグループには戻れない。そういうみじめさは、経験したくない。出来れば永遠に。

九重が突きつけられている現実を、七重はわがことのようにつらく感じた。いま、高二の十月。卒業まで、あと一年半も学校に通わなければ卒業できない。

「こうなっちゃうと、退学の方が軽い罰に感じるよね」と七重はつぶやいた。

退学になれば学歴に傷がつくけれど、好奇の目にさらされ続ける方が、ずっとずっと耐えがたいのだから。

3

翌日、四寿雄は寿輝さんの会社に電話をかけた。

顧客を装い、出社の時期を聞き出そうとしたところ、こう言われたという。

『大島は先月末付けで退職いたしました』

四寿雄が話術を駆使して探りを入れたが、いわゆる馘《くび》ではなく、一般的な依願退職らしい。

粘って再就職先のことも訊ねてみたが、「個人情報ですから」の一点張りで教えてもらえなかったそうだ。

四寿雄の報告を受け、藤川家の夕食は重苦しい雰囲気になった。

「退職が九月末で、うちに連絡が来たのがその数日後ですか」と十遠がつぶやく。

「いまのところ、生死は不明ってわけじゃん、大島さん」と八重。「どうすんの、遺言」

カンパニーでは、当人の生存中でなければ叶えられない願いの場合に限り、生前代行を受け付けている。

ただし大島さんの願いは「自分の死後、両親が困らないようにすること」なので、これに該当しない。

「今回はなぁ」と四寿雄が迷う声を出して、夕食のおかずをつついた。

今日のメインメニューはチキンカツだ。すりこぎで鶏肉をこれでもかと叩いて伸ばしたものを二キロ近く揚げたので、七重自身もカツになったような匂いがする。

「代行はとりあえず、続けるよ」

そう結論づけた四寿雄に、八重が根拠を求める。

「もう手を着けてしまったし、悪い予感の符合がはまりすぎているだろう。どのみち大島さんに戻るつもりはないんだから、それを死亡と解釈しようかと思うんだよ」

死とは、その人に二度と会えないことでもある。

「ご両親には、このことを言うの？」と七重は訊いた。

「どうしようかと思ってさぁ。状況からして、ご両親は退職を知らない気がするんだ。かといって、よその家のことに口出しするのもなぁ」

「シズオにしちゃ、わきまえてんじゃん、その判断」と六郎は辛辣だ。

「ただなぁ。これがもし、最悪の結果になっているんだとしたら、ご両親が知らないのもあんまりかなぁ、と思っているんだよ」

「結果が出てたら、今日知っても十年後でも一緒じゃね？」と六郎。

「そんなことはないと思うぞ。どこかでひっそり冷たくなっているんだとしたら、親なら一刻も早く探し出したいはずだ」

「かといってさ、まだ寿輝さんが亡くなったと決まったわけじゃなし。もしそうだったとしても、その場所を探すのはうちじゃ無理じゃん」

八重の言うとおりだと七重は思ったが、四寿雄が反論する。

「手がかりさえあれば、どうにかなるぞぅ。兄ちゃんはそういう仕事が得意だ」

「よく言うよ、いっつも俺らで手伝ってんじゃん。オマエのいい加減な依頼」

八重が言うと、四寿雄が自信を持って肯定した。

「そうともっ。兄ちゃんたちは、そういう仕事が得意だ！」

たち、と複数形にして、さりげなく訂正する四寿雄に、きょうだいはやれやれとため息をつく。

と、七重のスマホにラインの着信があった。見ると美晴だ。

『いまいい？』

「ちょっとごめん」と席を立った七重は、キッチンに行って返信した。

『大丈夫だよ』

『話、聞いてほしいんだ。いきなりで、本当にごめんなさい』

『気にしないでいいよ。あたしでよければ言って』

『出てこれるかな？　いま、駅前のお店にいるの』

ファストフード店の名前を目にし、七重はぎょっとした。藤川家の最寄り駅かと美晴に確認すると、そうだという。

どうしよう、と七重は返信をためらった。わざわざ会いに来るような、深刻な話があるのだ。友だちとして頼ってくれたのは嬉しいけれど、七重は九重の姉でもある。

九重は今日、とうとう学校を休んだ。そのまま一日部屋に閉じこもって、今夜は食卓にも着いていない。

美晴に会うことは、そんな状態の九重への裏切りになるような気がしていた。説明のしにくい罪悪感のようなものと、うまく折り合いをつけられない。

「美晴ちゃんか？」

いつのまにかキッチンにやって来ていた四寿雄に訊かれた。驚いて飛び上がりかけた七重は、説明するよりも早いだろうと、スマホの画面をそのまま見せる。

判断を迷ったままに見上げると、四寿雄がうなずいた。行ってやれ、と背中を押されたように感じて、七重もうなずき返す。

四寿雄はぶらぶらと冷蔵庫に近づくと、ドアを開けてケチャップとマヨネーズを引っぱり出した。「チキンカツにオーロラソース？」とつい咎めるような声を出すと、知らないのか？　という顔をされた。

「うまいンだぞぅ」

これまでに一度だって、そんな食べ方をしたためしはないと指摘しかけた七重は気づいた。調味料を取りに来たように、きょうだいには取り繕うつもりなのだろう。

美晴が近くまで来てると知れば、六郎はなにを言い出すかわからない状態だし、十遠はそもそも、この件をはっきり伝えていない。

「行ってくるね、シズオちゃん」

小声で言った七重は、自室に財布を取りに走った。

徒歩五分のファストフード店に着くと、美晴は店内のもっとも奥まった、目立たない席に座っていた。

テーブルには、オレンジジュースがストローも挿さずに置かれている。

七重は足早に、肩をすぼめてうつむいている美晴に近づいた。足音に気づいた美晴が顔を上げ、ぎこちなく表情を緩ませる。

「ごめんね、急に呼んだりして」

「ううん、あたしの方は大丈夫だけど」と七重は辺りを見回した。ちょうど夕食の時間帯なので、店内は八割方埋まっている。

「話って、ここで平気？　それとも、どこかほかの店に移動する？」

「出来れば、ほかがいいな」

美晴がそう応じたので、七重は行きつけの喫茶店に案内した。古書店の二階でひっそりと営業している隠れ処《かくが》的な店なので、いつ行ってもかなり空いている。

重たいドアを開けると、カウンターの内側で新聞を読んでいたマスターが迎えてくれた。店の奥にある、穴蔵のようなお気に入りの席は空いているらしい。

「七重ちゃんは、いつものでいいかな？」と、水のグラスを運んできたマスターに訊かれた。七重がうなずくと、美晴がメニューからレモンスカッシュを頼む。

マスターが注文品を用意している間に、美晴が揃えた腿《もも》の上に両手を置いて頭を下げた。

「ライン、ありがとう。嬉しかった」

「そんな、あらたまってお礼なんてやめてよ」と七重は手を振って挨拶を退けた。

友だちなんだから、という台詞は、恥ずかしくてのどに引っかかってしまう。

「ううん、お礼言わせてほしいの。今回、わたしに普通に接してくれたの、七重ちゃんと何人かだけだから」

「そうなんだ」と七重は言葉を濁した。ＳＮＳで批判されていたことを知っているとは、美晴が傷つきそうで言えない。

「クーとは、別れたんだよね？」

遠慮がちに確かめると、目の縁を赤くした美晴が曖昧にかぶりを振った。

「どうなのかな。九重くんはあれ以来、連絡くれなくなったけど」

「それは、おうちの人がそう決めたし――」

七重は言葉を途中で呑みこんだ。美晴が、つらそうに顔をゆがめたのだ。

二人して黙り込んでいると、マスターが飲み物を運んできた。コーヒーに口をつけて、七重は訊ねる。

「美晴ちゃんは、別れたくないの？」

「そう思ってたんだけど、よくわかんない。完全に切られちゃってるし」

「着拒？」と訊くと否定が返った。着信拒否はされていないが、電話には出てもらえず、送ったメッセージも未読のまま「無視」されているという。

「ごめん」と七重が謝ったのは、弟が理由もなくそんな対応をするはずがないと思ったからだった。「クー、きっとまだ混乱してるんだ」

「怒ったんだと思う」

なにに？　と目を丸くした七重に、美晴が言う。

「先生に問い詰められた時、妊娠を認めちゃったから。ただの体調不良だ、って説明することになってたのに」

「でも、嘘をつくのは――」と七重が自分に置き換えて否定すると、美晴は悲しげにほほえんだ。

「一度はそうするつもりだったんだけれどね」

「クーがやれって言ったの？」

「ううん。だけど、親との話し合いでそう決まったってメッセージ送ったら、お互いその方がいいと思う、って」

どうせ、なかったことになる。

九重が四寿雄に怒鳴った言葉を、七重は思い出した。その通りにしようとしていたのがショックだった。

「なかったことには出来ないのに――」

「でも、したいんだと思う。わたし以外のみんなは」

「美晴ちゃんは？」と七重が問うと、複雑な表情で、美晴が腹部を庇うようなしぐさをする。

「こんなことにならなければよかったのに、って思う。戻せるなら、時間を戻したい」

「うん」

「でも、時間は戻せなくて、なしにもならないって、いま思い知らされてる」

潤んだ眼差しの美晴が、レモンスカッシュのグラスを見つめて生唾を飲んだ。

「体調悪いの？」

「ムカムカするのはつわりなんだって」

生々しい言葉に、七重はびくっとした。美晴は泣き笑いの表情になっている。

「こんなに早いうちに、つわりとかあるなんて思わなかった」

漠然とだが、七重もそう考えていた。もっと正直に言えば、妊娠が判明してそれを喜ぶ場合にのみ、そういう変化が起こるように思い込んでいたのだ。

「つわりって、赤ちゃんがいるから起こるんだって。そう知っちゃったから、嘘をつけなくなったの。嘘をついたら、存在を否定することになる。それはムリ」

「ちゃんと受け止めた上で、決断するってこと？」

七重が問うと、美晴は下唇を嚙んでうつむいた。

あれこれ言葉を引き出すのも気が引けて手をこまねいていると、ややあって美晴がぽつんと言う。

「おろすの、やめたい」

話の流れからなんとなく、美晴がそう言いだす予感はあった。けれど実際にその言葉を聞いてしまうと、どう返せばいいのかわからなくなる。

「学校、辞めるの？」

「産むなら、それしかないみたいだから」

でも、と反論しかけた七重は口をつぐんだ。高校を中退し出産する。それが美晴の決定なら、大して親しくもない七重にはなにも言えない。

「七重ちゃんに聞いてもらいたかったのは、お願いがあるからなの」

美晴に切り出され、七重は目を瞠った。

「あたしに出来ることなら、聞くけれど」

「これから九重くんに話に行くけど、味方になってほしいの」

「だけど美晴ちゃん。あたし、クーの姉だよ？」

「姉が絡めば、話を聞いてくれるかなって思って。電話をかけても出てくれなくて、メッセージも読んでもらえないんじゃ困る」

「そうだよね」と同意したものの、美晴を連れ帰ったら確実に、きょうだい間戦争が勃発する。

「だけどクー、呼んでも出てこないかも。今日、学校休んだんだよね」

「すごく叩かれてるから」と美晴がうなずいた。「九重くん、初めてだからきついと思う」

「美晴ちゃんは大丈夫なの？」

「大丈夫じゃないけど、仲間はずれとか悪口とか、経験あるからマシかなって」

そうだろうか。美晴を批判する言葉の方が、九重に向けられたものより数段ひどい。

「傷ついてないわけじゃないよ」と美晴が七重の表情を読んで言った。「すっごくつらい。あそこまで言われなくちゃならない意味がわからない」

それも、元の仲良しグループから。

「とにかく、いまはクーだよね。話し合いの席に、引っ張り出してくるよ」と七重は励ますような声をかけた。美晴をこのまま放っておけない。

あとできょうだい喧嘩になるかもしれないが、そこは腹をくくった。

七重は会計を済ませると、藤川家に美晴を連れていった。きょうだいは食事をすませたらしく、事務所で待ちかまえていた四寿雄が、リビングに案内するよう促す。

「クーは兄ちゃんが連れてくるから」

最難関を四寿雄が引き受けてくれてほっとした。四寿雄なら、七重よりもずっと上手く、九重を部屋から引き出してくれるだろう。

七重は美晴と並んでソファに座り、落ち着かない気持ちで待った。十分ほどで、四寿雄に付き添われた九重が現れる。

顔を上げた美晴と目が合うや、九重は不快そうににらみつけた。怒鳴りつけたいところをこらえるような顔で横を向き、四寿雄に背中を押される。

九重がいやいや席に着くと、当然のように四寿雄が隣に尻を据えた。「はあ？」と九重が非難がましく振り向いたが、四寿雄はすましてて言った。

「二対二で、ちょうどいいぞぅ」

なにがだろうと七重は思ったが、指摘すればややこしいことになるので口をつぐんでおく。

美晴は九重の態度に臆したように下を向いていた。無言の九重は、威圧するような眼差しを投げかけるばかりだ。

会話のきっかけを自分が作るべきか、七重は悩んだ。四寿雄を盗み見ると、神妙な顔つきで当事者が話し始めるのを待ちかまえている。

沈黙を破ったのは美晴だった。意を決したように、拳を握って九重を見つめる。

「逃げないで、話を聞いてほしいの」

九重は答えなかった。眉一つ動かさない。

「面談の時、嘘をつくのをやめてごめんなさい。でも、どうしてもいやだったの」

「いまさらいいよ」

それが用件なら、済んだから引き取ってくれとあしらうような声だった。美晴は怯《ひる》んだような表情を見せたが、なぜ嘘をつきたくなかったかを説明する。

九重の表情が動いた。

「一瞬だけ存在を肯定して、得るものってなに？」

訊ねた声は冷たかった。言外に「中絶は決定している」とにおわされ、美晴が訴えた。

「おろしたくない」

「は？　なんで？」

九重の声が跳ね上がると、美晴は口をつぐんだ。目をそらし、同じ言葉を繰り返す。

「おろしたくない」

「だから、なんで？　いま産んでどうすんの？　学校だって退学じゃん」

「退学でいい」

美晴が頑なな様子を見せると、九重の目に怒りの色が浮かんだ。

「どうやって育てるって？　親は？」

「親じゃなくて、二人のことでしょう。協力してください、お願いします」

「勘弁してくれよ」と九重が声を荒らげた。「俺にどうしろって？　学校辞めて働けってか？」

「そういう意味じゃない」

「じゃあどういう意味だよ」と九重はたたみかけた。「働いて金稼がないで、おまえと赤ん坊をどうやって食わせられるんだよ！」

「お金なら、わたし貯金があるから。少しずつ使えばどうにか――」

「なるわけないだろう？　夢みたいなこと言うなよ！」

「んー、ちょっと話がずれてきたような気がするぞぅ」

四寿雄がすっとぼけた声で割って入った。九重の怒りの視線をはぐらかして、美晴を優しく見遣る。

「学校やお金のことじゃなく、まずは寄り添ってほしいって思っているんだよな？」

「はい」と美晴が涙ぐんだ。

「寄り添ったところで、現実は変わらないってわかってる？」と九重。

「クーだって、わかってるだろう？　人の思いは、簡単に割り切れないって」

だからこそ、藤川家は遺言代行をしているのだ。

「シズオは本気で、俺に学校辞めろって？」

「いましているのは、そういう話じゃないさ」

「だったらどういう話なんだよ。美晴がおろさないってことは、産むんだろ？　産んだら、その先に責任持たなくちゃいけないわけじゃん」

九重の声が高くなって揺れた。無理だ、と思っているのが伝わる。

「学校には通えるぞ。処罰の対象にはならないって話だろう？」

「処罰の対象じゃなくったって、もうあの学校通えねぇよ！」

九重が言葉を四寿雄に叩きつけ、美晴に毒を含んだ眼差しを向ける。

「大義名分があるといいよな。子ども産むから退学しま〜す。ってさ」

噂の的にされ、おもしろおかしく囃《はや》し立てられる状況から、美晴だけが「逃げる」と九重は非難していた。

「おろしたら、わたしは一生人殺し呼ばわりなんだよ？」と美晴が叫ぶような声で応じた。「九重くんは逃げられても、わたしは逃げられない」

「そんな理由で産みたいのかよ」

「そんな理由のどこが悪いの？　みんなに責められて、戻ってきたらハブるとまで宣言されて、それでもわたし、言うとおりにしなくちゃいけないの？」

九重をにらみつけた美晴の目から涙が溢れた。

「怖いよ。中絶の時、赤ちゃんは苦しがって逃げ回るって聞かされて、それに耐えるとかわたし出来ない！」

「赤ちゃんを産む選択の権利は、女性にあるそうだよ」と四寿雄が言った。「けれど美晴ちゃん、きみはまだ若い。生きてゆくのに周りの手を借りていることも事実なんだ」

「わかってます。わかってないかも知れないけど、わかってます」

責められるのを嫌うように、美晴が早口に繰り返した。

「苦労は覚悟しているなら、もう一歩踏み込んで考えてみようか。現実的に、きみが子どもを産んだ時に協力してくれるのは、家族だ。ご両親とは、相談してみたかい？」

「────」

「もう話しかけてもくれないか」

四寿雄の言葉に、美晴がはっと身じろぎして顔を上げた。

九重にも変化があった。敵意が消えて、愕然としたような表情になる。

「高校を卒業したら、絶縁だって言われました」

「だけどそれじゃあ、おうちで産むわけには────」と七重は言いかけて口をつぐんだ。

もとから、美晴の両親は出産を反対している。

「病院、今週中に行かないなら、出て行くようにって」

「ご両親を説得できそうかい？」と四寿雄が問うと、美晴は「いいえ」と応じた。

「わたし、あの家ではもういらない子なんです。もとからそうだったけれど」

もとから、という言葉が七重は引っかかったが、四寿雄は驚くふうでもなかった。

「美晴ちゃんは、どうしたい？」

「わかりません」と首を振った美晴が、四寿雄を見つめて訴えた。「でも、中絶だけはしたくないんです」

「この先、たった一人で、誰の手も借りずに育ててゆくことになっても？」

美晴はうろたえたように九重を見たが、ばつが悪そうに目をそらされてうつむく。

「うちの家族に混ざれば？　って前に言ってくれたでしょう？」と美晴が消え入りそうな声で言った。「それ、いまじゃ駄目かな」

九重が応えないので、部屋はしんと静まりかえった。

「シズオ～」と廊下から八重の声が聞こえた。リビングを通り過ぎてダイニングに行った後、引き返してきてドアから顔を覗かせる。

部屋を見回して美晴と目が合うと会釈し、四寿雄に保留ランプの点滅している電話の子機を示す。

「真名辺さんから電話なんだけど――」

美晴が焦って自分のスマートフォンを確かめた。

次の瞬間、泣き出しそうに顔をゆがめる。

立ち上がった四寿雄が、廊下で八重から子機を受け取ってドアを閉めた。ぼそぼそとやり取りをする声を聞きながら、七重は美晴に訊ねる。

「電話来てた？」

肩をすぼめた美晴が首を振った。「もう話しかけてもくれない」という四寿雄の言葉が、七重の中で重苦しく広がる。

五分ほどして、子機をぶらさげた四寿雄が戻ってきた。

「送って行くよ」

「帰って来いって？」と七重が訊くと、四寿雄は不安そうに見上げた美晴に、複雑な表情を向けた。

「このまま戻ってこなくていいと伝えるよう言われたけれど、そういうわけにはいかないからさ」

美晴が、打ちのめされたような顔でのろのろと立ち上がる。腰を浮かしかけた九重を、四寿雄が目顔で止めた。

美晴は、四寿雄に送られて出て行った。

リビングに残った七重は、美晴の両親の仕打ちにショックを受けていた。

「美晴ちゃんに直接連絡しないで、うちに電話をかけてくるなんて」

着信を無視され続けた上でなら理解できるが、その部分を飛ばしている。

「そういう親なんだよ」と言い捨てた九重がリビングを出て行った。足音からすると、自室に戻ったらしい。

七重はキッチンの水切り籠に積みあげられていた皿を拭いて、しまう作業をしながら四寿雄を待った。洗っておいてくれたのは十遠だ。仕事をきっちり半分残しておくのも、十遠らしい。

美晴の家は、電車で二十分ほどの場所にある。一時間あれば戻ってくるだろうと思っていたが、皿を拭き終わり、アイロンをかけ終わってもいっこうに玄関戸が開かない。

さすがにそれ以上階下にとどまる理由がなく、自室で宿題を片付けていると、四寿雄が「ナナ」とドアをノックした。

「どうぞ」と応じた七重は、四寿雄に連れられて入ってきた美晴に目を丸くした。

美晴は、泣き腫らした瞼《まぶた》をしている。

「今夜はうちに泊めるよ」

だから頼む、という響きを感じ取って七重はうなずいた。ひとまず美晴を自分のベッドに座らせ、客用布団の用意をする。

「うちに入れてもらえなかったってこと？」

納戸との往復に、金魚のフンのようについてくる四寿雄に訊くとうなずいた。

「とりつく島がない、を体現するようだったぞぅ」

台詞は冗談めかしていたが、声の奥に憤りが滲んでいた。

「シズオちゃんにはわかってたの？」と七重は訊いた。「あたしに連絡を絶やさないようにしろって言ったのは、こうなる予感があったから？」

やりきれない表情で七重を見つめたのは、答えがイエスだからだ。

「学校に呼び出された時にさ、いろいろ言っていたんだよ」

「いろいろって？」と七重はつい訊き返したが、わかる気がした。

きっと、子どもが耳にすれば悲しくなるようなことを、だ。

「美晴ちゃん、四つ違いのお兄さんがいるそうなんだ」

とても優秀で、有名大学の三年生。家族の誇りのような長男なのだ、と面談の席で真名辺さん夫妻は語ったという。

「美晴ちゃんとクーの今後を確認するための面談で？」と七重は確かめたが、同時に察した。そういう席で、無関係なお兄さんの自慢話が出るような家族関係なのだ。

「まり子さんて憶えてるか？」と訊かれた七重はうなずいた。

「去年、お姉さんの依頼を受けたよね」

まり子さんは両親から常に姉と較《くら》べられ貶され、自信をもてずに大人になった女性だ。亡くなった、つまりカンパニーに代行を頼んだ姉を味方だと信じていたが、遺言により、姉にもまた見下され、憎まれていたことを知ってしまった。

「面談の時、あの家と構図が少し似ているように感じてさ」

「クーはだから、美晴ちゃんに『うちの家族に混ざれば』って言ったんだね」

そして美晴もだからこそ、藤川家を「楽しそうでいいなぁ」と評したのだろう。

「だけど、今夜は泊めるにしても、どうするのシズオちゃん」と七重は話を戻した。

「どうすればいいんだろうなぁ」

「頼りないこと言わないでよ。そりゃうちは部屋はあるし、一人増えること自体は問題ないけれど」

九重の「元彼女」で「妊娠中」という条件がつくと、大歓迎とはいかない。

「クーも美晴ちゃんも気まずいだろうし、それに、結局産むのかどうするのかも、このままには出来ないよね」

「そうなんだけれど、まずは美晴ちゃんの気持ちを安定させないとだろう？」

そう言った四寿雄は、敷き布団を運ぶ七重の後からぶらぶらついてくる。

安定、するといいんだけれど、と七重は思った。美晴の状況はまさに八方塞がり、四面楚歌《しめんそか》だ。

「兄ちゃんは決定に口は出せないわけだけどさ。せめて拠《よ》り所《どころ》というか駆け込み寺というか、そういう、美晴ちゃんがほっと出来る場所になりたいと思うんだ」

「味方になることは全面的に賛成だけどさ、シズオちゃん」と七重は応じてから怒りをぶつけた。「せめて枕くらい運んでよ。手ぶらでついて来るだけって、ほんと腹立つ」

4

その後、四寿雄が幾度か交渉したが、真名辺家は頑なだった。親の意見に従わない上にふらふら出歩くような娘を、家に置く道理はないという。藤川家に美晴を泊めた翌日の午後には、宅配便で当座の着替えや勉強道具が届いた。本気を示すつもりなのか、脅しなのか。

四寿雄が「中絶という重い決断に動揺しているのだろうから、少しの間静観しては」と伝えても、「自業自得」「自己責任」と突き放す言葉ばかりが返ってくる。挙げ句に、「兄の就職活動に悪影響が及ぶ」ことを懸念する台詞までが飛び出した。妹の妊娠が就職活動に影響するだろうか？　七重たちは疑問に思ったが、真名辺家では「万に一つの可能性」を考えて、いてもたってもいられないようだ。

玄関前の待合室で四寿雄から報告を受けていた六郎、七重、八重、十遠は耳を疑った。「バカなんじゃね？」と呆れる六郎に、「毒親だよな」と八重が応じる。

十遠が同席しているのは、美晴の妊娠の件をこの機会に明かしたからだった。「だと思いました」と十遠の反応はクールだった。もともと察しがいいので、漏れ聞こえる話の断片をつなげて、そう結論づけていたようだ。

　子どもだという理由で蚊帳の外に置かれていたのも、理解している。

「お兄さんは、なんにも言わないの？」

　七重が訊くと、四寿雄が困ったように頭を掻いた。

「就活が失敗したら妹のせいだ、って親に同調しているらしいんだよ」

　きょうだいは啞然《あぜん》とした。

「まじで？　扱いが連続殺人犯並みなんですけど」と、半笑いで六郎。

「だけど、真名辺さんちでは、それくらい重罪だと思っているってことですよね。美晴さんがお兄さんの邪魔をすることを」

　十遠の言うとおりだと思った。

「未成年の娘が妊娠すれば、親として中絶を勧めるのはわかるけどさ。ここん家みたいな理由聞かされると、意地でも美晴ちゃんを庇いたくなるよなぁ」と八重。

「一時の感情で決めるべき事柄じゃないけどな」と応じた四寿雄が、きょうだいを見回す。

「とりあえず、美晴ちゃんにはこのまましばらくいてもらう、でオーケーかな？」

「オーケー」と七重たちは答えた。

☆

美晴の帰宅する目処《めど》が立たないまま、一週間が過ぎた。

当初はいまごろ一時帰国するはずだった三理は、帰国を取りやめた。連絡先を伝えておいた真名辺家から「謝罪に来てもらうには及ばない」と電話があったためだ。

あちらは今後一切、こちらと関わりを持ちたくないらしい。美晴ごと。

三理は「やあそうですか」と電話を切って、現地で仕事を再開したそうだ。四寿雄経由でそのことを訊いた承子さんが逆上して、「断られても普通は帰ってくるしお詫びに行くものよっ」と受話器ごしに一喝したという。

それもそうか、と三理は納得したが、再開したばかりの仕事をすぐに閉じるわけにもいかないらしく、帰国の予定がもう一週間伸びた。

九重はあいかわらず学校を欠席しており、自室にほぼ籠もりきりだ。

美晴は美晴で、この状況下での居候を気に病んでいるようだった。家事なども、七重たちが登校している間に、だいたいのことは済ませてしまう。

負担が減るのでありがたい反面、体調に障るのが不安、というのが本音だった。無理せずにゆっくりしていてほしいとは思うが、おそらく七重が美晴の立場でも、それは出しそうになった。
　夕食の準備中、雑談のついでのようにそう言われ、七重は包丁で自分の指を切り落とし
「中絶できる時期って、決められてるそうですね」
来ないだろう。
「大丈夫じゃないの？」
「思うってほどじゃないですけれど、不幸な子どもが増えないといいな、って」
「そんな話を振るってことは、なにか思うことがあるの、テンちゃん」
けない美晴には、おひたしやゼリーを用意している。
　ちなみにこれは、兄弟向けのメニューだ。脂っこいものやにおいの強いものは受け付
ていた。麻婆茄子《マーボなす》用に、茄子を縦切りにしてゆく。
　だったらどういう問題なのだ、と訊き返されても答える自信がないので、七重は黙っ
　そうかもしれないが、そういう問題ではないと思う。
ちょっと遅い時間帯のドラマでも見れば、そういう会話くらい出てますよ」
「そんなに驚くことじゃないと思いますけど」と十遠は白けた顔をした。「いまどき、
いから出てきた言葉なのだが、七重は辺りを憚《はばか》った。
　小学三年生の口からそういう台詞が出ると、衝撃的だ。むろん、美晴がこの場にいな
「て、テンちゃんっ？」

心配しすぎだと笑い飛ばしかけた七重を、挽肉のパックを開けようとしていた十遠がまっすぐに見つめた。

「本当にそう思いますか？」

「いや、うん。突き詰めると、そう信じてるって話になっちゃうんだけどさ」

眼差しの厳しさに、七重はいささか弱腰に応じた。

誕生を祝福されたはずの子どもの、痛ましい話は後を絶たない。そして、決して特殊な家庭環境下のみに起こるわけでもないのだ。

「だけどさ、テンちゃん」と七重は話を続けた。これだけは言っておきたい。「初めの家族と上手くいかなくても、次の家族と上手くいくこともあるよ。そう思わない？」

十遠の言葉は、自身と母親の関係を重ねているからだ。それがわかるからこそ、あえて七重も問いかけた。

十遠は発泡スチロールのトレイを覆うラップに、指でぷつんと穴を開けた。ラップをトレイから引き剝がしながら、うなずく。

「はい」

「ほっとしたぁ」と七重はわざとおどけた。「これで上手くいってるつもりですか？って言われたらどうしようかと思ったよ」

十遠の両目が潤んだように見えて、動揺したのだ。はははは、と無意味に笑う七重に忌々《いまいま》しげな目つきをした十遠が、拗《す》ねたようにそっぽを向いた。

「おうーい、兄ちゃんちょっと出かけてくるぞぅ」

廊下をのし歩いてきた四寿雄が、キッチンに顔を出す。

「輝子さんに呼ばれたんだ。夕飯は帰ってきてから食べるから」

「輝子さんって、また？」と七重は声を上げた。今週に入ってからは、毎日だ。

電球を変えてほしい、という初依頼のあとも、四寿雄は大島さん宅に呼ばれていた。一つ一つは些細《ささい》で、わりあい簡単な内容だが、他人を呼びつけてしてもらう内容かといえば、七重は違うように思う。

「電球の交換とか特売の洗剤の買い出しとか、それって、わざわざ電車賃をかけて手伝いに行くことかなぁ？」

先日は「やり方がわからないから」と、ネットショップで商品の購入を頼まれた。四寿雄はほいほい請け負ってきたが、実際に注文を通したのは七重だ。

輝子さんが購入したのは、夫の浩一さんと自分のウォーキングシューズをそれぞれ三足ずつ。色違いや型違いではなく、まったく同じものをである。

輝子さんはいざという時に、必要なものが手元にないと不安になる質《たち》だそうで、どんなものでもいくつか余分に買っておくのだという。

「家族のためなら、やるんじゃないか？　お年寄りが重たい洗剤を運ぶのは大変だよ」

「でも、シズオちゃんは家族じゃないじゃない」と応じた七重は気づいた。「もしかして、大島さんは自分の代わりを引き受けてほしくて、ああいう遺言にしたの？」

「うん。そうなんじゃないか、と兄ちゃんも思っているんだ」

たとえば同居や近居ならば、年老いた両親に代わって雑用を片付けるのはごく普通の話だ。大島家では当然、一人息子の寿輝さんがこなしていたのだろうし、寿輝さんがいなくなれば、ご両親が困るのも見えている。

「親孝行だかなんだか」

四寿雄を見送ったあとで、十遠が大人ぶった口をきく。

本当の親孝行は、子どもが幸せになることじゃないだろうか、と七重は思ったが、「一部の例外を除いて」と但し書きがつくのもまた確かだ。

「そういえば。シズオお兄さん、期限って切ったんですか？」と十遠が訊いた。

大島さんのご両親は息子が旅行から帰るまでの便利屋のつもりだろうが、大島さんがいつ帰るかは不明だ。帰らない可能性も大いにある。

大島さんは、誰にも告げずに姿を消した。四寿雄が詐欺師のような話術を駆使して元同僚に探りを入れたが、親しい人がおらず、ヒントすら見つかっていない。

「この状態だと、切ってないような気がする」

四寿雄はお人好しだ。往復一時間の電車賃が自腹でも、毎日せっせと通っている。

「もうこれじゃあ、ボランティアだよね」とぼやいた七重は、あっと思い出した。

「しまった、通販の代金！　家計費から立て替えたんだった。シズオちゃんに釘《くぎ》を刺さないと」

靴六足分なので、金額もかなりだ。お年寄りから取り立てるのはちょっとなぁ、などとうやむやにされてはたまらない。

「今度はわたしがメールしておきましょうか？」

「テンちゃんの方が効果ありそうだから、お願いしてもいい？」

うなずいた十遠が、さっとメールを打つ。

「五武お兄さんにも同送しておきました」

十遠の抜かりのなさに、七重は舌を巻いた。


「ごめん、テンちゃん！　片付け途中だけど、お願い！」

翌日の朝。食器洗いを十遠に任せた七重は、鞄を小脇に抱えて廊下へ飛び出した。つけっぱなしのテレビから興味を惹く情報が流れてきて、思わず見入って一本乗り遅れてしまったのだ。部活動をしていない七重は、始業間際の登校だ。そのため、乗り遅れ即《すなわ》ち遅刻、となってしまうリスクが高い。

最悪、私鉄からＪＲに乗り継ぐいつものルートをやめ、自転車で直接ＪＲの駅に乗り付ける方法もある。本来、その行き方が最短なのだが、駅までの道路の交通量が多く危険なことから、あえて最寄り駅から電車を利用していた。

事務所の横を駆け抜けようとし、ドアが半ば開いているのに気づく。この時間は惰眠をむさぼっている四寿雄を、五武が叩き起こしたようだ。通り過ぎざま、視界の端にかっちりとしたスーツの背が映った。

「いい加減にしろ四寿雄！」

ふいに五武の叱声が飛んだので、七重はローファーを履き損ねてしまった。

振り向いて受付窓の向こうを見遣ると、タオルケットを身体に巻き付けたままソファに身を起こした四寿雄が、なにやら弁解している様子だ。

五武が振り向いて、七重を手招きした。時刻を気にしながら七重が受付窓を開けると、財布から抜いた一万円札を九枚渡される。

「立て替えの代金だ。月末近くに、こんなに家計費から出して大丈夫だったのか？」

「予備のお金からだから平気。あとでお釣り渡すね」

時間がないのでお札を財布に突っ込んで、七重は五武の肩越しに四寿雄を盗み見た。

「シズオちゃん、やっぱりお金、返してもらってないんだ？」

「金は息子から払ってもらってくれ、と言われたらしい」

「あー」

四寿雄は寿輝さんが行方不明だと言うのをためらったのだろう。

「息子の話を出す必要はないんだ。自分たちが使うものを他人に頼んだんだから、まずは支払うべきだ、と言えばいい」

「そっか、そうだよね」

「いやな予感がするよ」と五武が眉を曇らせた。「ああやって勘定を他人に回すくせのあるヤツは、金を払わせようとするとごねまくるからな」

四寿雄は以前にも断り切れず、入院費用を二十万円用立てたことがある。相手は初めから踏み倒す気でいて、法的な交渉もしたが、結局全額回収には至らなかった。

法律を持ちだしたところで、ない袖は振れないわけだ。

それで「いい加減にしろ」なのかと納得したところで、遅刻しかかっているのを思い出す。

「とにかく、お釣りはイツ兄の机の上に置いておくね。行ってきます！」

ローファーを突っかけた七重は、引違戸を勢いよく閉めて表通りに駆け出した。

☆

五武の「いやな予感」は当たり、輝子さん夫妻はなかなかシューズ代を払おうとしなかった。いまは持ち合わせがない、寿輝ももうすぐ旅行から戻るから、と請求するたびにのらりくらりとかわす。

めげずに四寿雄が食い下がると、浩一さんが逆上した。言い分はこうだ。「あんたは、うちの息子を信用できないのか！」

論点のすり替えだと指摘しても、わめくばかりで話にならない。冷静になるのを待って再度話を戻すと、今度は「申し訳ないとは思っているんですよ」と泣き落とす。

「兄ちゃんは頑張ったぞぅ」

四寿雄が鼻息荒くそう言ったのは、さらに粘って三日後に返すという約束を取りつけたからだった。これはかなりの快挙で、家族総出でねぎらうに値する。

「えらいシズオ」「よくやったシズオ」とみなで褒めたまではよかったが、約束当日の昼間、輝子さんから取り乱した電話がかかってきた。

「キャッシュカードが使えない？」

試験休みで在宅していた七重は、ちょうど事務所に「昼食だ」と呼びに来ていてその場面に出くわした。「暗証番号を間違っていないか」「係の人を呼んだか？」と四寿雄が訊ね返す受話器の向こうから、キンキンとわめく声が聞こえてくる。

『解約！　解約されていたんですようっ』

「輝子さんの口座がですか？　え？　――寿輝さんの？」

四寿雄の言葉を聞いて、七重はあっと思った。

カレンダーを横目で見て合点する。三日後、と代金の返済日を決めたのは給料の振り込み日だったからなのだ。

輝子さんたちは、息子の口座に振り込まれた給料を引き出して使っていたのだろう。キャッシュカードは寿輝さんの意思で預けていたのではなく、管理されていたのかもしれない。

「いえ、僕はなにも聞いていないです。そちらから連絡をいただいた時、手伝いをするよう頼まれていただけで、寿輝さんの電話番号も知らないんです」

四寿雄はそう言ったが、輝子さんは信じていないようだった。なだめすかしてやっと電話を切ると、ため息をついた。

「大島さん、携帯電話もつながらないそうだ」

「ああまあ、そうだよね」

身辺整理の際、携帯電話も解約したのだろう。そうであってもおかしくない。

昼食を四寿雄と美晴との三人で摂《と》り、午後はダイニングテーブルで試験勉強をした。テーブルが広いので、参考書が広げられてその方が好きなのだ。

英訳で首をひねっていると、飲み物を取りに来た美晴が助けてくれた。長文の中からポイントを拾って、訳すこつを教えてくれる。

説明はわかりやすく、なんだかもったいないような気がした。きっと成績も、七重よりいいのだろうに。

けれど美晴は、ここへ来て一度も「帰る」とは言わない。意固地になっている部分もあるのだろうけれど、覚悟を決めているようにも見える。

真名辺家からも、「一週間以内に中絶」の期限が過ぎた後、追加で冬物を送りつけてきたのを最後に接触も途絶えた。最近は四寿雄が電話をかけても、番号で識別しているのか出ないそうだ。

そこまでするのだ、と七重は胃の冷えるような気持ちになる。

「退職して行方不明になった大島さん」と美晴がふいに話し出した。

「さっきの話？」

昼食の席で話題が出たので、美晴にも大まかな説明はしてある。

「ご両親から逃げたんじゃないかな、って思う。息苦しかったんじゃないかなって」

息苦しいという言葉がぴんと来なくて目を丸くすると、美晴が続けた。

「四寿雄さん、しょっちゅう呼ばれていたでしょう？　あんなふうにいつもあれこれ言いつけられて、お金も自由に出来なかったらしんどいよ」

「そういえば、これといった趣味もなくて家と会社を往復する毎日だ、ってシズオちゃんに話してたみたいなんだよね」

遺言ノートを埋めながら、聞いてもいないのにそんなことを語ったのだそうだ。

美晴は、冷蔵庫から持ってきたままだったサイダーの缶を開けた。いまはこのメーカーのものしか受け付けないそうで、これとバニラアイスだけが頼みの綱なのだそうだ。

あたしも持ってこよう、と七重は椅子を押して立ち上がった。その時、玄関の方から騒いでいるような声が聞こえてくる。

ダイニングルームのドアを開けると、声がはっきりした。年配の女性が四寿雄に向かってまくし立てている。

「寿輝はどこなんですか！　いるんでしょう？　出ていらっしゃい！」

慌てて玄関先まで走ると、七十代とおぼしき女性が、待合室で四寿雄に押しとどめられている。三和土《たたき》には、夫らしい同年配の男性が興奮した面持ちで立っていた。

「会社に電話をしたら辞めたって、どういうことなんですか？　それも先月末に！」

旅行は嘘だったと知り、藤川家に押しかけてきたらしい。

「落ち着いてください、輝子さん。僕は本当に、なにも知らないんです」

「ごまかさないでちょうだい！」と輝子さんが怒鳴り散らした。「それともあなたが、寿輝に妙なことを吹きこんだんですか？」

「退職も行方をくらませたのも、寿輝さん本人の意思ですよ。僕は代行屋で、お預かりした遺言を代行しているんです」

「遺言？」と輝子さんが悲鳴じみた声を上げた。

「馬鹿なことを言うんじゃありません。寿輝が死んだなんてそんな、どこで？」

「僕は契約の際、一度しかお会いしていないんです。推測のしようもない」

「なにか言ってませんでしたか、あの子？――わたしたちのお金のこととか」

「うへえ」と頭上から声が降ってきて見上げると、階段の手すりから乗り出して六郎が覗いている。

奥に、九重のジーンズがちらりと見えた。

「寿輝さんの遺言は、ご両親が必要とした時に手助けをすることでした。そういう理由で、僕はこれまでお宅に伺っていたんです」

「寿輝は本当に死んだのかね」と浩一さんが訊ねる。

「わかりません。でもおそらく、戻らないでしょう」

「あの子――」

輝子さんの歯ぎしりするような声に、七重はぎゅっと目をつぶりそうになる。息子の無事を案じる声ではなかった。ざらりとした、いやなものが詰まっていた。

「あいつは、これまで育ててやった恩をなんだと思っているんだ」

憤慨した声をもらした浩一さんの顔は紅潮していた。

「恩って」と六郎が聞こえよがしに言った。「金かけたのって高卒まででしょ？　そのあとずっと給料を巻き上げてたなら、とっくに十八年を超えてるじゃん」

　大島さんは社会人になって二十三年だ。

「まあ、なんて失礼な」と輝子さんが声を上げ、「子どもは、いくつになっても親に尽くすものだ」と浩一さんが反論する。

「つまりトーゼン、あんたらも自分の親に年金を上納しているわけだ？」

　六郎がからかうと、二人はぐっと言葉を詰まらせた。振る舞いに対する批判を始めたので、六郎はますます馬鹿にしたそぶりをする。

「そうよ、退職金！」

　輝子さんが口走った。夫である浩一さんの表情もはっと動く。

「退社したばかりなら、まだ支払われていないはずだ」

　背後で風が動いた気配がして振り返ると、美晴が壁伝いに座りこんだところだった。夫妻の毒気に当てられて貧血を起こしたのか、顔が白い。

「出て行ってくれ」

　ずしんと重い声を響かせたのは四寿雄だった。びくっとした輝子さん夫妻に、有無を言わさず表を指さす。

　二人はまだ何か言いたそうだったが、輝子さんが夫を促して慌ただしく出て行った。会社と、寿輝さんの退職金について交渉するつもりなのだろうか。

「本人の別口座に振り込まれるだけだっつの」と見下すように六郎。

七重は美晴の側に膝をついた。

「大丈夫、美晴ちゃん」

介抱していると、九重が七重を押しのけるようにして割りこんだ。見上げた美晴が身体をこわばらせる。どうしたらいいのかわからないのだろう。

「平気か？」

九重の問いに、美晴が「立ちくらみだけだから」と応じる。

「そうか」と九重は美晴から離れて自室に戻った。思わず駆け寄ってしまったが、気まずさの方が勝ったのかもしれない。

床は冷えるのでソファに移ってもらい、七重は飲み物を取りに行った。

サイダーを飲んで落ち着きを取り戻した美晴が、やりきれない表情でつぶやいた。

「逃げ切ってほしい、大島さん。生きていてくれるといいのに」

「そうだね」と七重は噛みしめるように言った。両親の言動から、大島さんがこれまでどんなふうに暮らしていたのかが垣間見え、祈らずにはいられなかった。

☆

輝子さん夫妻は本当に、退職金の件を交渉しに行ったようだ。まったく相手にされず、しまいにはこれ以上騒ぎ立てると警察を呼ぶとまで言われたらしい。

怒りの矛先は藤川家に向いたが、当然これも追い返した。その時に、今後雑用も引き受けないと明言している。

これは後日判明したのだが、夫妻は以前から寿輝さんの給料で派手な生活を送っていたようだ。子どもの頃からの積み重なりで文句を言えない環境が出来ていたのか、寿輝さんは従うしかなく、乏しいお小遣いだけで人付き合いもせずにやりくりしていたらしかった。

若い時分には恋人もいたが、結婚には至らなかったという。近所の人の話では、特に輝子さんが交際を嫌ったのだそうだ。嫉妬だと周囲は受け取っていたが、独立を恐れたのかもしれなかった。

騒動から数日経った頃、事務所の電話が鳴った。

その時も四寿雄がおらず、たまたま通りかかった七重が受話器を上げる。

「はい藤川です」

相手は無言だった。七重がもう一度名乗ると、ためらうような間を置いてから「あのう』と向こうが切り出しかけて、やめる。

『いえ、やっぱりいいです』

「大島さん？」

ぼそぼそとした喋り方に、七重は思わず訊いた。逃げられそうな気配を感じて、早口に告げる。

「ご依頼、ご希望通りにすませました」

言わなければと思ったのだ。もしこれが大島寿輝さんなら、結果を聞くためにかけてきたのだろうから。

相手は黙り込んだ。屋外にいるような雑音が聞こえる。

『――あの二人の反応は？』

長いこと間を空けてから、相手が訊いた。本人だ、と確信した七重は受話器を握りしめて伝える。

「大騒ぎでした。銀行口座と、退職金のことで」

『ははははは！』

いきなり、乾いた笑い声を寿輝さんが上げた。のけぞって、勝利を空に吼《ほ》えるような声だった。

七重にはそれが、血を吐くような心の叫びにも聞こえた。

寿輝さんは笑って笑って笑って——、ふいに笑い止んだ。

ふたたび電話の向こうが静まり、その沈黙が嫌で七重は訊いてみる。

「あの。どうしてうちにご依頼をされたんですか？」

旅行と偽って家を出る。それだけでも、今回の目的は達せられたはずだ。

『確実に、時間を稼ぎたかったんです』とせっかちな声が応じ、ふいに口調が変わって憎しみがこもる。

『スペアがあるうちは、追及が緩いのを知ってましたから』

七重は輝子さんの「くせ」を思い出した。

万一の時に予備がある。そう思えないと不安になる。

「うちのスペア、かなり需要がありましたよ」

寿輝さんの気持ちをほぐしたい一心でおどけると、『す、すいません』と焦ったような詫びが返ってきた。

そして潤んだ声で、ひとこと言って電話を切った。

『ありがとうございました』

終話後のツーツーという音を聞きながら、七重は受話器を置く。

「さいさい、サイダーっと」とでたらめな歌を歌いながら、四寿雄が帰宅した。抱えているのは段ボールケースに入った、美晴が好む銘柄のサイダーだ。

七重は待合室へ飛び出して、いま受けたばかりの電話のことを話した。

「生きてたかぁ」と四寿雄がほっと表情をゆるめた。外に目を向け、この空の下のどこかにいる寿輝さんに言った。

「またのご利用をお待ちしております」

「うちの商売で、それって変だよね」

七重は言った。基本的に、リピート客はいない職業である。

「だからいっぺん、使ってみたかったんだよ」と四寿雄が笑ったところで、表通りにタクシーが停まった。

幹線道路沿いに住まいがあるので、それ自体は珍しいことではないが、昨今の事情からつい身構えてしまう。

タクシーから降りてきたのは長身の男性だった。見覚えのあるシルエットに、七重は声を上げて三和土のサンダルを突っかけた。

「ダダ！」

中央の曇ったガラスの上からひょいと覗きこんだ三理が、日焼けした目尻に皺《しわ》を刻んで手を振った。

第3話　小さなスパイの遺言

1

夕食作りの段取りを考えながら最寄り駅の改札を通った七重は、駅からいくらも歩かないうちに声をかけられた。

「大変だよ、ナナちゃん。あんたンとこの十遠ちゃんが通ってる小学校で、事故だ」

ふいうちにも、内容にもぎょっとして、七重は足を止める。

七重の帰りを待ち構えていたらしいのは、一年中ワンピースにサンダル履きスタイルを崩さない、「畑中《はたなか》のおばちゃん」だ。ここで生まれ育って七十年の「町内の顔」の一人で、界隈《かいわい》のことならなんでも知っている情報通でもある。

「事故って、十遠は？」

「生徒は一斉下校になったらしいからね。さっきシズちゃんが迎えに行ったよ。細見《ほそみ》さんとこの綺麗《きれい》なママや、間島《まじま》さんの奥さんなんかもね」

おばちゃんが挙げた人はみな、十遠と同じ小学校に子どもを通わせている。

間島さんの奥さんというのは、母親ではなくお姑《しゅうとめ》さんだ。夫と死別して正社員として働いている里沙《りさ》さんは間に合わないため、近居のお姑さんに迎えを頼んだのだろう。

「そんなに大きな事故だったんですか」

「五年生だか六年生が、屋上から落ちたんだってさ。自殺じゃないのかねぇ」

不謹慎だが、七重も同じことを思った。学校の屋上は、誤って人が転落するような管理状態ではないはずだ。

あれこれ推測するおばちゃんとの会話を適当なところで切り上げ、七重は自宅に急いだ。十遠が現場に遭遇したのではないか、ショックを受けているのではないかと気が気でない。

「ただいま！　テンちゃん！」

玄関の引違戸を開けるなり叫ぶと、事務所のドアから四寿雄が顔を覗かせた。

「兄ちゃんの部屋にいるぞぅ」

「大丈夫なの？」とせわしなく訊くと、四寿雄の眉が困ったように下がる。

泡を食って事務所に駆けこむと、ソファに十遠が座っていた。表情はすぐれないが、顔色はそれほど悪くない。

帰宅するなり倒れたのではと想像していた七重は、ひとまず肩の力を抜いた。

「そんなに過保護にしなくっても、大丈夫です」と十遠が言う。心配されるのに慣れない様子で、どこかぎこちない。

「だって、学校で上級生の子の事故があったっていうから――」

「耳が早いじゃないか」と驚く四寿雄に、「畑中のおばちゃんがね」と応じる。

四寿雄によれば、事故は昼食後の「清掃の時間」に起きたのだそうだ。それを受けて掃除は中止、全校生徒が教室で待機となり、保護者が迎えにきた順に帰宅させることになったらしい。

「掃除って、まさか屋上までするわけじゃないよね？」

「しないと思いますけど、屋上にいく階段まではやります」

「六年生が落ちたのは、そこの窓だそうだ」

「どこの窓？」ときょとんとすると、屋上と四階の間の踊り場上部に設置された、明かり取りの窓だという。

十遠が言うには、踊り場からだと二メートルほどの高さに、窓枠の下辺がくるらしい。

「だけど、その高さってことは、はしごかなにかがないと、昇れないよね？」

「いいえ。屋上から壁を伝えば行けるんです」

「壁を伝う？」

イメージが出来ない七重は問い返したが、十遠にも説明しにくいようだ。

「踊り場の壁って、真ん中辺りに飾りがあるんです」

「こんな感じだよ」と同じ小学校を二十年前に卒業した四寿雄が図を描いた。

ぐるりとタイルのようなものが巡らせてあるデザインだ。

どの階も、タイルの高さの基準になっているのは上の階の手すりで、幅木《はばき》が延長したような形で踊り場の壁を取り巻いている。

「つまり、屋上と四階の間の飾りは、屋上の床と同じ高さ、ってわけかぁ」

それならば、はしごを使わずに伝うことが出来る。

「でも、タイルでしょう？　厚みって一センチくらい？」

「もう少しあったと思うぞぅ。二、三センチ？」

「そんなのの上を歩けるの？」と七重は驚いたが、四寿雄はにやにやした。

「一周できたのは、兄ちゃんだけだったなぁ」

「普通歩かないでしょ。そんなことばかりしてたから、承子さんが呼び出されるんだよシズオちゃん」と七重は呆れながら、情景を思い浮かべて身震いする。

屋上の床上五センチの位置に貼られたタイルは、踊り場からは二メートルの、四階に近い場所ならば四メートルほどの高低差になる。

しかも階段だ。打ち所が悪ければ大怪我もありえた。

「もしかして、その六年生が落ちたのって四階のほう？」

「いや。窓の外らしいんだ」

四寿雄の言葉に、七重は総毛立った。

「外って、だって」

「窓ははめ殺しじゃないんだ。タイルを伝って窓まで辿り着けば、開け閉めも出来るんだよ」

四寿雄の時代は、教師が時々脚立にのぼって、換気のために窓を開けていたそうだ。

「今日も、窓が開いてたってこと？」

「そこはわからないけど、落ちた子は亡くなったらしい」

学校の正式発表前だが、搬送先が地元の病院だったことから、施設で働いている保護者から情報が漏れて、ママ友間をメールが飛び交っているという。

四寿雄にその話をしたのは、はるかさんだ。

「どすんって音がして、外に出て見ちゃった子がいるそうです」

七重はめまいを起こしかけて、キャビネットに手を突いた。

「テンちゃんは？」

「うちのクラスは、階段から遠いから」

騒ぎを知ったのも遅く、なにがなにやらわからないうちに集合をかけられて教室に詰めこまれ、その後帰されたということだった。

「明日は休校で、早いうちに保護者に対する説明会が開かれるそうだよ」

ニュースにもなるだろうな、と思うと気が重くなった。早ければもう、報道関係者が到着しているはずだ。

「それでさ」と四寿雄が話を続ける。「こんな時だけどというか、こんな時だからどうしようかと思ってるんだ」

「なにを？」と七重は眉根を寄せた。四寿雄の言わんとすることが、まったくわからない。

十遠が黙って、視線をテーブルに移す。そこでようやく、七重は見慣れた大きさの茶封筒が置かれているのに気づいた。

「仕事の電話が来たの？　っていうか、まさか」

愕然《がくぜん》とした七重に、四寿雄がうなずいた。

「うん。亡くなった子に預かったんだ」

☆

市村花奈《いちむらはなな》ちゃん、十一歳。小学六年生。

通っている小学校の、屋上付近の踊り場の窓から転落。

花奈ちゃんのクラスは、四階から屋上までの階段の掃除を担当しており、今週は花奈ちゃんの属している班の割り当てとなっていた。

範囲も限られており、そう汚れる場所でもないので、清掃は早めに終了。班の子たちは用具を持って引き上げた。

教室に引き上げる際、花奈ちゃんはタイルを伝って遊んでいたという。

普段の花奈ちゃんは礼儀正しく成績も優秀、授業中も積極的に発言する子だった。

近所でも評判の「いい子」で、元気に挨拶する姿が朝夕に見受けられた。

『かわいらしい利発なお嬢さんでね、いつも「おばあちゃんおはようございます」ってねぇ』

事件が報道された際、花奈ちゃんをよく知るおばあさんは、インタビューに答えて涙を拭った。

☆

「ちーちゃん　助けて」

夕食後、集まったきょうだいに四寿雄が遺言を聞かせると、なんとも言えないうなり声が上がった。

例によって例のごとく、推理なしには用をなさない遺言だからだ。今回は事情が事情だけに、四寿雄に非難が集中する。

「どうして、もっとちゃんと聞いておかないんだよ、シズオはいつもいつも」

苛立ちを隠せない様子で八重が言い、同意した九重が続ける。

「それ以前に、小学生だろ？　未成年と軽々しく契約するって、どうなの」

九重が食事の席に復帰したのは、二週間ほど前からだ。

スケジュールをやりくりして一時帰国した三理が、なにやら魔法を使ったらしい。頑なだった美晴への態度も軟化して、それ以来、八つ当たりめいた態度を取ることもなくなった。

いまだ学校は欠席しているが、代わりのようにコンビニでアルバイトも始めた。「退学の必要はない、むしろ父親になるつもりならば将来を見据えて高校に戻るべきだ」と周囲は説得したが、思うところがあるのか、決定を保留にしたまま黙々と仕事に通っている。

「さすがに、そのくらいは兄ちゃんも承知しているさ。最近、うちに来る子たちには、理由を話して断っているし」

「子どもが来るのか？」と驚く五武に、四寿雄がうなずいた。

「やっぱりどこからか、うちがどういう商売かの話が回るらしいんだよ。で、時々高学年の女の子なんかが、友だち同士連れだって、きゃっきゃしながらこんにちは〜って顔のぞかせて」

「タイムカプセル扱いだな」

五武は呆れるが、まさにそうなのだそうだ。

「だったら、どういう理由で、転落児の遺言ノートがここにあるわけよ？」と六郎が待合室のソファに置かれた封筒に顎をしゃくる。

「その言い方やめてよ、六郎くん」

「ノートじゃないんだよ」

四寿雄が茶封筒を逆さにすると、かわいらしい封筒が出てきた。

いかにも小学生の女の子が好みそうな柄で、宛名はなく、裏に記名もない。

「これは、花奈ちゃんの『秘密』っていう形で預かったんだ」

『藤川さんは遺言屋さんなんですよね。遺言じゃないものも、預けられますか？』

ある日訪ねてきた花奈ちゃんは、四寿雄にそう訊ねたそうだ。

『遺言じゃないものって？』と四寿雄が訊き返すと、『秘密です』と応じて目を伏せたという。

「誰にも言えないけど、一人で抱えるのがつらいって打ち明けられてさ、これを差し出されたんだ」

預かっているだけでいいのか、と問うと、それでいいと言う。四寿雄が糊付《のりづ》けされた封筒を受け取ると、花奈ちゃんはぺこんとお辞儀をして、ランドセルを鳴らしながら走り去った。

「あの時、花奈ちゃんは封筒を兄ちゃんに渡して、すごくほっとした顔をしたんだよ。書かれていることがよほど重荷だったんだろう、って思っていたんだけどなぁ」

「で、どんな秘密かと封を切ってみれば、『ちーちゃん　助けて』か」

きょうだいは顔を曇らせた。

花奈ちゃんの転落は、夕方のニュースで報道された。どこの局も概要のみだったが、明日以降、詳細な続報が伝えられそうな雰囲気が感じられた。

「あのう」と隅の席から美晴が遠慮がちな声を上げた。「四寿雄さんはその子と顔見知りだったんですか？」

「いいや。どうしてだい？」

「封筒、名前がないですよね。なのに、どうして今日亡くなった子のだってわかったのかな、って」

「わたしが花奈さんに言われて、お兄さんに教えたんです」

十遠が答えると、「言われる？」と六郎が怪訝そうに問う。

「教室に来て、あんたのおうちの人に手紙預けたからね、って」

その時点で十遠は花奈ちゃんを知らなかったが、周囲に名前を教えられた。

「それで家に帰って来てシズオちゃんに話して、『ああ、あの子』ってなったのか」

七重は納得した。

「トオが声をかけられたのって、いつ？」

九重に訊かれ、十遠が考えるような間を置いた。

「三理お父さんが帰国していたころです」

二週間ほど前だ。

「おまえが、封筒を預かったのは？」と五武が問うと、四寿雄が頭を掻いた。

「先月の頭だったかなぁ」

およそ一月《ひとつき》前。美晴の妊娠が発覚し、ひっくり返るような騒ぎが始まった頃だ。

「約二週間のタイムラグか――」

「なにか気になる、イツ兄？」と九重が訊いた。

「いや。穿《うが》った見方だが、彼女は四寿雄の行動を待っていたのかと思ったんだ」

「つまり、シズオちゃんが預かった手紙をすぐに読むと踏んでたってこと？」と七重がたしかめると、五武はあやふやな調子で肯定する。

「なんとなくだが、二週間もしてから、わざわざ学年の違う十遠の教室まで出向いたというのが引っかかるんだ」

「念押しされたって、兄ちゃんはそんなことしないぞぅ」と四寿雄が反論した。「預かった『想い』の不適切な開封は、コンプライアンスに反するじゃないか」

「って鼻の穴を膨らませて言うなら、ちゃんと話してあったんだよな?」と八重。

「あったとも」

預かるだけでいい、と言われた際、「じゃあ遺言ノートと同じ方法で保管しておくからね」と応じて、方法も具体的に説明したという。

カンパニーでは通常、依頼者の希望を書いてもらった遺言ノートは、そのまま封筒に入れて保管し、死亡の連絡があるまでは開封しない。

「花奈ちゃん、事故なんだよね?」

いやな符合に、七重は背中をざわつかせた。花奈ちゃんは手紙を預けた二週間後に十遠の元に念押しに行き、その二週間後に亡くなっている。

「シズオ、おまえもあの踊り場でしょっちゅう遊んでいたろう?」

想定しうる事故なのか、と問うような五武に、四寿雄がためらいがちに口を開いた。

「じつは、兄ちゃんも落ちかけたことがある」

「えっ」「マジ?」「なんで?」ときょうだいが目を剝《む》いた。

「窓を開けると、あそこはちょうどいい腰掛けなんだ」

教師の目を盗んでは時折、外に向けて足をぶらつかせていたそうだ。

「高いところにいるのが楽しくってさ。あちこちを見回していたら、ある日、ふわっとお尻が浮いたんだよ」

校舎の、縦のラインを強調するようなデザインに、地面に吸い込まれるような錯覚を起こしたのだという。

「危険なことをしている自覚はあったからさ、兄ちゃんは保険をかけてて、いつも絶対に、両腕を窓から出さなかったんだ」

尻が浮いたと感じた時にも、両腕がストッパーの役目をして引っかかり、体勢を立て直すことが出来たのだそうだ。

「シズオちゃん」と七重はその場面を想像して胸を押さえた。「浅知恵なりの効果があってよかったよホント」

「おまえが落ちかけたのって、誰か知ってるのか？」と五武が眉をひそめると、四寿雄は否定のしぐさをした。

「誰も見ていなかったし、いま初めて言ったよ。さすがにマズいことをしていたわけだからさ、墓場まで持って行くつもりだったんだ」

「で、二十年後、同じことをしたあげく落ちた馬鹿がいたわけだ」

六郎の言い様はひどいが、結果を見ればそういうことになる。

ふっと、四寿雄が両手を合わせた。

「市村花奈ちゃん。あなたのご遺言、承ります」

「やるのかよ」と目を瞠るきょうだいに、四寿雄が頭を下げる。

「やらせてほしい。花奈ちゃんの託した『秘密』を『遺言』に見立てて」

「だけどさシズオ、『助けて』ったって、本人は亡くなってるじゃん」

九重の言うとおりだった。亡くなった人を、どうやって『助ける』というのだろう。

「兄ちゃんは、花奈ちゃんがどうして、これを『秘密』と言ったのかを知りたいんだ」

「そうだよね、『助けて』は普通は願望だよね」

七重は言った。願望を「秘密」と言い換えて、かつ、他人に託す。

真意がわからないと、ちょっと意味が通じない。

「実はいじめられてて、それを周囲に悟られたくなかった、とか?」と八重。

「その場合、『ちーちゃん』は見て見ぬフリをした友人?」と九重。

「そういうのを含めて、兄ちゃんは『真実』を知りたい。知るべきだと思うんだ」

「どうしてですか? 四寿雄お兄さんが、代行屋さんだから?」

不思議そうな顔をする十遠に、四寿雄は応じた。

「それもあるけれど、兄ちゃんには花奈ちゃんの気持ちがわかるような気がするから」

「気持ちがわかる?」ときょうだいが目を丸くする。

「兄ちゃんが、幾度注意されても踊り場で遊ぶのをやめなかったのは、あそこが『兄ちゃんだけの場所』だったからなんだ。もし、花奈ちゃんもそんなふうに思っていたのなら――」

いたのなら？」

きょうだいに促されると、四寿雄はどこか苦笑するような表情になって目を伏せた。

「いまはまだ、推測だからね」

「しかし四寿雄。騒ぎになっている状況で、あれこれ探り回るのはよしたほうがいい」

五武が言うように、無関係の四寿雄が聞き回ることで、花奈ちゃんの死に不必要な噂が立ちかねなかった。

「状況が状況だし、やっぱり学校に届けないわけにはいかないよね？」と七重が問うと、四寿雄が顎を引いた。

「わかっているさ。学校には明日、話をしておくよ。それに、探り回るようなこともしない。兄ちゃんの知りたいことは、おそらく周囲の大人たちに訊いても出てこない」

「大人の知っている子どもと、子どもの知っている子どもは違うからですか？」

十遠のはっとするような質問に、「そうだよ」と四寿雄が静かに応じる。

「じゃ、ネットの学校裏サイトでも探りますか？」

六郎がおちゃらけて、スマホを振ってみせると四寿雄はうなずいた。

「それは得意なロクに任せるよ。あとは今回、応援を頼もうかと思っている」

四寿雄の言う「応援」とは、はるかさんだった。はるかさんは明るい人で友人も多く、学校のさまざまな事情に通じている。

そして、カンパニーの仕事にも理解があった。そもそもが、はるかさん夫妻の五歳で亡くなった娘、彩波《いろは》ちゃんの遺言代行を頼まれて始まったつきあいだ。

四寿雄が電話で概要を話すと、はるかさんは近所の強みですぐにやって来た。夫の祐《ゆう》介《すけ》さんは今日は夜勤だそうで、伴ってきた晴臣くんは風呂上がりのいいにおいをさせている。

はるかさんはママ友ネットワーク経由で、最新の情報を得ていた。四寿雄に見せられた手紙を読むと、つらそうな顔をして言う。

「あの子ねえ、普段からあの踊り場で遊んでいたんですって。先生方も再三注意していたそうなんだけれど、一向にやめなかったらしいのよ」

その言葉で、七重たちは長兄を見遣《みや》った。四寿雄と一緒だ。

「だけど、なんだかイメージが嚙み合わないなぁ」と七重は首を傾げた。「花奈ちゃんて、いわゆる『いい子』だったんでしょう?」

本物の「いい子」であれば、教師に注意を受けた時点で危険な行為はやめるはずだ。ましてや、とっくに分別のつく年齢である。

「たしかにしょっちゅう、展覧会だのコンクールだのの学校代表に選出されて、大きな賞を取っていた子ではあるみたいね」

近いところだと、今夏に開催された新聞社主催の読書感想文コンクールで、主催者賞に選ばれたそうだ。

「優秀な子だけど——？」と九重が水を向けると、はるかさんが「荒れていたみたいよ？」と応じた。

「授業も適当に聞き流していたみたいだし。クラスメイトともね、うまくいっていなかったっぽいのよね」

「いじめですか？」と美晴がささやくような声で訊く。

「そのへんは、まだはっきりしないんだけれど。一部の子がお葬式のボイコットを親に訴えているんですって」

「多感な年頃だから、クラスメイトの死がショックで、ですか？」

「そうじゃなくて、花奈ちゃんを嫌いだからみたいよ」とはるかさんが五武に応じた。

「もちろん、まだ学校からはなんの指示も出ていないし、気が早すぎるというか、不謹慎ではあるんだけれど」

「その理由って、探れますか？」と四寿雄が問う。「出来れば、ちーちゃんが誰かも」

「確実な返事は難しいけれど、やってみるわね。里沙のところの愛香《まなか》ちゃんが同じ学年だから訊けると早いんだけれど、里沙はちょっとスピーカーなところがあるから」

　はるかさんと里沙さんは短大からの友人だが、慎重を期して、あえて里沙さんを避けるそうだ。

晴臣くんと十遠も、無理のない範囲で噂話に耳を傾けることになった。

「すみません、よろしくお願いします」

「気にしないで」と四寿雄に笑顔を見せたはるかさんは、ふっと表情を曇らせた。

「でも、子どもが亡くなるのって、どんな場合でもつらいわね」

2

花奈ちゃんの「事故」は新聞にも載り、その後数日にわたってワイドショーで取り上げられた。

小学校付近にもリポーターが現れ、学校裏から現場の映像を撮影したり、近所の人々や子どもたちにインタビューを試みている。

見知った場所をテレビの映像として見るのは、奇妙な感じだった。画面を隔てただけで、こんなにも現実味が薄れるのかと七重は思った。父親の三理が職業上、たまにお茶の間に登場するけれど、違和感はそれ以上に大きい。

花奈ちゃんの母親も、インタビューに応じていた。娘の不始末が世間を騒がせたとしきりに詫《わ》び、「責任は花奈にある」と繰り返していたのが印象的だった。

花奈ちゃんについて、大人たちは『あんなに明るい子が』『すごくいいお嬢さんでしたよ』と語った。

『いつも褒められていた』と答えたのは子どもたちだ。

『はきはきしていた』『美人だった』『たくさん賞状をもらっていた』とも。

写真の花奈ちゃんは、ぱっと人目を惹《ひ》く目鼻立ちをしていた。愛嬌のあるタイプではないが、将来美人になりそうな、利発そうで大人受けのいい印象だ。

ザ・優等生といえば、こんな感じだろうか。実際、学級委員長なども低学年から歴任していたという。

ワイドショーは当初、自殺もにおわせる報道をしていたが、学校側は初めから一貫して「いじめはなかった」と主張した。むろん、六年生にも緊急の聞き取り調査を実施したが何も出てこなかったという。

これが「握りつぶし」でないことは、はるかさんのネットワークからもわかっていた。生徒たちは誰一人、花奈ちゃんが「いじめられていた」とは匿名のアンケートに書かなかったのだ。

四寿雄が「相談」という形で明かした花奈ちゃんの手紙は、学校側に相手にされなかった。ひとつには「秘密」というには意味を成さない内容から。そして、花奈ちゃんの周辺に「ちーちゃん」に該当する生徒がいなかったためである。

「同じクラスに『ちひろくん』と『ちえりちゃん』がいるそうなんだけど、二人とも

『ちーちゃん』とは呼ばれていないんですって」

報告がてらお茶を飲みに来たはるかさんが、藤川家の待合室でそう言った。

「隣のクラスの『ちゆきちゃん』は『ちーちゃん』って呼ばれることもあるようなんだけれど、この子はなんていうか——、条件には合わないみたい」

「条件？」と七重は訊いた。はるかさんの前に、丸いお盆に載せたコーヒーとロールケーキを置く。

「ええ。ちゆきちゃんは目立たないタイプの子で、どちらかというと、助けが要るのは彼女の方らしいの」

はるかさんは言葉をぼかしたが、ようはいじめられる側の子だ、というのだ。

「たとえば、花奈ちゃんの残した言葉が、ちーちゃん『を』助けて、だったら？」

四寿雄が訊くと、有名店のケーキに目を輝かせ、嬉《うれ》しそうにフォークを手にしたはるかさんがうなずいた。

「そっちの方が、説得力がありそう。学校の調査がちゆきちゃんへのいじめについてだったら、匿名で誰か書いたんじゃないかしら」

「花奈ちゃんについては、なにも出なかったんですよね？」と七重が問うと、はるかさんが訊いてきた。

「やっぱり疑っているの？」

「根拠があるわけじゃないんですけれど」と応じた七重は言葉を探した。「花奈ちゃんについてのインタビューに違和感があって。もちろん、テレビに当たり障りのないことを答えて当然だと思うんですけれど、褒め方がヘンっていうか――」

「誰一人、人柄に触れていなかったんだよ」

四寿雄に指摘され、七重はやっと気づいた。

成績が良く、近所の評判も良かった花奈ちゃんなのに、クラスメイトからは、それを裏づけるような声が聞こえてこない。

「そういうことだったようよ」とはるかさんが言った。「花奈ちゃんは優等生ではあったけれど、人気者じゃなかった」

「意地悪だったんですか？」

「いじめや、嫌がらせをする子ではなかったらしいけど。でも、自分よりも出来ない子を見下していたみたいだから」

クラスでも話す子は固定していて、いわゆる「出来る子」だけだったそうだ。そんな態度が、先の葬儀ボイコットの声に繋《つな》がったらしい。

昨日営まれた葬儀には結局、クラスの代表数名のみが参加した。テレビにちらりと映った級友はみな神妙な顔をしていたが、泣いてはいなかったのを思い出す。

「アンケート調査の結果も正当なの。厭味《いやみ》な子だったから、みんな、必要以上に関わらないようにしていただけらしいから」

「だから、『いじめはあったか』という質問に、『なかった』と答えたわけか」

合点した四寿雄に、はるかさんが同意を求める。

「そうなるわよね？　だって、無視したり仲間はずれにしたわけでも、ものを隠したり酷いことを言ったわけでもないんだもの」

「もしかすると花奈ちゃんは疎外感があったかもしれない。けれど、いじめの認定にはならないでしょうね」と四寿雄。

「これが中学生だったら、どうなっていたかわからないけれど」

はるかさんがため息まじりにこぼした。どういう意味だろう、と七重が目を瞠るとはるかさんは言った。

「花奈ちゃんがいじめに遭わなかったのは、後ろに先生がいたからなのよね。正直、贔《ひい》屓《き》もされていたみたいだし、おいしい役どころは、みんな彼女のところに行ったようだから」

花奈ちゃんは、教師にとって「指導しやすい児童」だった。

「たとえば、似たような成績の二人がいたとして。どちらかを学校代表に選ぶとなった場合、なんでも言うことを聞く花奈ちゃんと、頑固で扱いにくいAちゃんだったら、先生も人間だもの」

「選びたいのはどっちか、って話になりますよね」と七重は応じる。

「そう。でも、そういう『先生マジック』が効くのって、小学生まででしょ？　中学で先生に贔屓されている子がいたら、それだけでハブられるんじゃないかしら」

七重は自身の中学時代を振り返った。たしかに「大人」に対する畏敬の念は、小学生までと中学生以上で明らかに変わったように思う。

「花奈ちゃん本人にも、きっと限界が見え始めていたんじゃないかしら。荒れていたらしい、って、わたし前に言ったじゃない？」

はるかさんの言葉に、七重と四寿雄はうなずいた。

「最近、授業中に先生をあからさまに無視していたんですって。指名されても無視、挨拶も無視。隣の子にずっと喋りかけ続けたりして、ちょっと問題になってたのよ」

話しかけられて授業を聞けなかった子が保護者に訴え、保護者から学校に話が回ったらしい。

花奈ちゃんは注意を受け、授業の妨害になる行為は止めたそうだが、態度は改まらなかったという。

「噂だけど、素行の良くない上級生と一緒にいるのを見かけるようになっていたそうよ」

「上級生って、中学生と？　花奈ちゃんがですか？」

七重は意外に感じた。なぜなら、素行の良くない生徒は花奈ちゃんが敬遠してきたタイプにあたるだろうからだ。

「そうですって。問題児とつきあって先生を無視すれば、みんなとの距離が縮まると思ったのかしらね」

ケーキを食べ終えたはるかさんが言った時、引違戸が開いて「ただいま」と美晴が入ってきた。普段使いのロングスカートに薄手のコートを合わせ、手にしているのは小さな布製のトートバッグだ。

美晴ははるかさんと目礼を交わすと、靴を脱いで二階へ上がっていった。

はるかさんは興味深そうな視線で見送った。「クーのカノジョなんですよ」とだけ、四寿雄が説明する。

「そういえば、花奈ちゃんのご両親。学校を訴えることはしないそうよ」

過去にも踊り場で遊ぶ児童がいたという話も浮上し、窓が開閉出来る状態のまま放置した学校側の責任を問う声が上がっていた。しかしご両親は「過去はどうであれ、花奈自身の過失だ」とし、争う構えを一切見せなかったという。

「たしかに、注意を受けていたのに繰り返した花奈ちゃんが悪いのだけれどね――」とはるかさんが語尾を濁す。

「うちの母が言ってましたよ。わたしなら、それでも間違いなく怒鳴り込む、って」

「でしょ？」とはるかさんは四寿雄の言葉に同意した。「親ってつい、自分の子が百パーセント悪いのは承知でも、でも誰かのせいにしたくなるものじゃない？」

はるかさんの台詞は、この話が出た時の承子さんの台詞とほぼ同じだ。

「立派よね。だけど、わたしには市村さんの真似は出来ないな」

はるかさんがつぶやく。一見、相手の行動を称賛しているようで、じつは否定しているのが滲む口調で。

☆

はるかさんが帰った後、七重は美晴のもとにロールケーキを持っていった。ロールケーキが食べたいとリクエストしたのは、じつは美晴なのだ。やっと食べたいと思えるものが出てきたのかと嬉しくて、テストで早帰りだった七重は、いそいそとデパ地下に買いに走った。帰宅したところへたまたまはるかさんがやって来たため、お茶請けに出したのである。

美晴の部屋は、一時期七重の使用していた空き部屋だった。九重との関係が多少の改善を見たので、七重は本来の自室に戻ることになったのだ。

コンコン、とドアをノックして開けると、ベッドに腰かけていた美晴が、見ていた紙片を置いてはしゃいだ。

「嬉しい、ロールケーキ。わざわざお店に寄ってもらうことになって、ごめんね」

「ううん、どうせ乗り換え駅だもん。美味《おい》しく食べられるといいね」

つわりとは不思議なものだ。気持ちでは食べたいと思っても身体が受け付けず、具合が悪くなってしまうこともあるのだから。

美晴がおそるおそるケーキを口に運ぶ。笑顔が広がり、七重はほっとした。

「大丈夫そうでよかった。おかわりもあるからね」

「そんなにケーキばっかり食べたら、血糖値が上がっちゃいそう」

「妊婦さんて、甘い物駄目なんだっけ？」

「後期に体重が増えすぎたり、高血圧になったら問題だけれど。まだこの時期はあんまり気にしないで、食べたいものだけを食べていていいみたい」

「そうなんだ。あたし、その辺のことぜんぜん知識がないから、食事のリクエストなんかがあったら、遠慮しないで言ってね」

「ありがとう。そうさせてもらうね」

そう言って微笑《ほほえ》む美晴の雰囲気は、この二週間ほどでずいぶんと穏やかになった。九重に八つ当たりされなくなったのが、理由の一つだ。

そしてもう一つは、やはり三理が「魔法」を使ったからのようである。

ダダってば、クーと美晴ちゃんになにを言ったんだろう。

もちろん、二人がいい方に変化したのだから、素晴らしい「なにか」のはずだ。けれど正直なところ、質問に沿った返答すらあやしい、トンチンカンなところのある父だぞ、と思ってしまう。むろん「ロマンス詩人」などという、詐欺師まがいの肩書きを持つ三理だ。歯の浮くような感動的な台詞は、お手のものかもしれないが。

「さっきね、検診行ってきたんだ」

美晴の言う検診とは「妊婦検診」のことだ。初期は四週に一度、中期からは二週に一度、出産の準備に入る三十六週からは週に一度受けるようになっているものらしい。十二週に入ったばかりだという美晴は、産むと決めて以来二度目の検診だった。まだ真新しい母子手帳が、傍らに置かれている。

「どうだったの？　順調？」

「うん。エコーを撮ってもらうと、ちゃんと心臓が動いているのが見えるの」

美晴が膝の上に置いていた紙片を七重に手渡す。よくわからない、昔のテレビの砂嵐の画像のようなモノクロの写真だ。

「これが頭でね、こっちが手」

なるほど。赤ちゃんが両手を握りしめているように見える。

——努力すれば。

すごいね、と七重は無難な感想を述べておいた。目を細めている美晴の感情を害すっもりはないのだ。

「なんかね、エコーを見せてもらってしみじみ嬉しくなったの。いままでも頭ではわかってたんだけど、ちゃんと赤ちゃんがいて、生きてるんだって実感して」

周囲に中絶を非難されたくないから産む。そう言っていた頃と、美晴の表情が違う。

美晴は先週、高校を退学した。

決意から届け出までに時間がかかったのは、最後の最後で両親の反対にあったからだ。

「あれだけ突き放しておいて、反対とか」と六郎はせせら笑うように吐き捨てたが、美晴は揺れた。

『お願いだから、そんなみっともない真似はしないでちょうだい！』

すがりついた母親から向けられた言葉が、そんな台詞でもだ。

悩み抜いた挙げ句、美晴が初心を貫くと決めると、両親はふたたび手のひらを返した。

今度こそ本当に絶縁するという。

女性が未婚で出産した場合、成年でも未成年でも親の戸籍から外れて独立するそうだ。

そのことを、美晴の両親は「好都合だ、せいせいする」と言い放ったらしい。

親の意見に従わず恥をさらした娘など、いらない、というのだろう。

生まれてくる子どもの親権は、美晴が成人するか結婚するまでは両親が持つことになるのだが、「一切そちらにお任せする」という。

もちろん「はいそうですか」とはいかないので、法的にも問題のないよう、三理と真奈辺家の間で取り決めがなされたようだった。

三理は単純に孫の誕生を喜んでいたが、それでも美晴はずいぶん傷ついたはずだ。彼女がどうやって立ち直ったのかを七重は知らない。

しかし、それから程なくして、美晴は退学届を提出した。

「さっき、待合室にいたのって、晴臣くんのお母さんですよね」

美晴に訊かれたので、七重ははるかさんのもたらした最新情報を話した。

はるかさんの批判した、花奈ちゃんのご両親の決断に差しかかると、美晴は顔をこわばらせた。

「うちの両親も、同じように言うと思う」

「花奈ちゃんちと？　それとも、はるかさん？」

「花奈ちゃん」と答えた美晴は、自虐的な笑みを浮かべた。「誰が悪くても、あなたのせい、あなたがきちんとしていないから、って言う人たちだから」

美晴の言葉には説得力があった。たやすく想像出来る。

「笑っちゃうのはね、そういうのはわたしに対してだけで、お兄ちゃんには違ったってこと。どんな小さいことでも、お兄ちゃんを脅かすものには怒鳴り込みまくっていたのに」

苦いものが、美晴の表情をよぎった。

「この先、どんなに貧乏でもどんなに苦労しても」

母子手帳にエコーの写真をそっと挟み込みながら、美晴が言った。

「わたしは絶対、ああいう親にはならない」


「シズオちゃん、花奈ちゃんのお母さんの名前って調べられるかな？」

その夜、七重は事務所に行ってそう訊ねた。

「わかるよ」とあっさり応じた四寿雄が、積みあげてあった新聞の山から、一番上に乗っていた新聞を取り上げた。

インタビューに答えたお母さんの、写真と名前が載っている。

「転落死した市村花奈ちゃんの母親、芽衣子《めいこ》さん。四十歳」

読みあげた七重の声に落胆が表れていたのか、四寿雄が問う。

「『ちーちゃん』はお母さんの名前かと思ったのかい？」

「シズオちゃんも、そう考えたの？」

「今日、花奈ちゃんがクラスになじめていなかったようだって知って、もしそれをつらく思ってあの言葉を書いたのなら、お母さんに助けを求めたのかもしれないな、って」

「あたしもそう思ったの。美晴ちゃんと、お母さんの関係性からだけど」

美晴は、兄に向けられる愛情を少しでもいいから振り分けてほしいと願っていたように感じたのだ。

「花奈ちゃんのお母さん、我が子でも罪は罪っていうタイプでしょう？　それ自体は、あんな時でも毅然《きぜん》としていられてすごいと思う。だけど花奈ちゃんにはそういうお母さんが厳しく感じられて、学校での悩みを打ち明けられなかったのかなって」

　予想がはずれて、七重はほっとしていた。突き放されるのは、怖い。だから手紙を書いて、ひそかに願ったのとだとしたら、いたたまれなかった。

「ちーちゃんはお母さんの名前じゃなかったけれど、言えなかったのは間違いじゃない気がするよ」

　四寿雄の言葉に、七重は目を瞠った。

「どうして？　理由は？」

「上手く説明できないけれど、ざっくり言うと、あの踊り場で遊ぶ子だったからさ」

「花奈ちゃんが？」と問うと、四寿雄がうなずいた。

「危険だと承知で、注意も無視して遊び続けるのは、そこにしか昇華の場所がないからだよ。誰にも真似できないことが出来る。それを見せびらかせる。だから、怪我をするかもしれなくても、やめられないんだ」

「でも、花奈ちゃんは優等生で、いつも代表に選ばれていたんでしょう？」

そういう栄誉とは無縁だった七重には、充分羨ましい。

「どうして踊り場を選んだのかは、花奈ちゃん自身にしかわからないよ。確かなのは、花奈ちゃんが問題を抱えていたこと。それをあそこで遊ぶという形でぶつけていたことだ」

問題を抱えている。

その言葉は先日、四寿雄が「まだ推測だから」と言わずにいたものだろう。

「兄ちゃんも、問題を抱えた子だったからね。当時は無自覚だったけどさ」

「シズオちゃん――」

長兄の告白に七重は絶句した。顔が広く、友人も多い「人気者」なのに、とにわかには信じがたい。

けれど七重はふと思い出した。子どもの頃、周囲は成績のよい五武ばかりを評価していたこと。両親の外見を受け継いだ五武を褒め、祖母譲りの顔をした四寿雄は「外《はず》れ籤《くじ》を引いた」と言われたこと。

較べられることに、傷つかないわけではなかった、と話していたこと。

「承子さんがしょっちゅう呼び出されていたのは、だから？」

「兄ちゃん自身が、自分の抱える問題をわかっていなかったせいだよ。まあ、生まれて十二年やそこらで自覚できるとも思わないけどなぁ」

こういう話を聞くと、自分はなんてのほほんと生きているのだろう、と七重は思ってしまう。

「シズオちゃんは問題を自覚して、努力したから、いまのシズオちゃんなの？」

「努力なんてしてないぞぅ。兄ちゃんは、もとからこんな兄ちゃんだ」

シリアスな質問には、ふざけずにいられない四寿雄だ。節をつけて歌うように言ってから、真顔に戻す。

「いままで、自分が目を背けていた事実を認めて、一番変わったのは楽になったことかな。兄ちゃんはそれまで、自分を騙すために自分に嘘をついていて、見破られそうになるたび、むきになっていたからさ」

「むきになるって言葉とシズオちゃんとが、あんまり結びつかない」

「わざとふざけて馬鹿なことをやりすぎる、っていう方向の『むきになる』だよ」

「ああ」と納得の声を漏らすと、四寿雄がにらむ真似をする。

顔を見合わせて笑ったあとで七重は言った。

「花奈ちゃんの『問題』は、周囲となじめないことだったのかな」

自分が避けられていると気づき、「いい子」なのが原因だと考えて教師に楯突《たてつ》く行動に出たらしいところからも、そう窺える。

「そうだったんだろうと、兄ちゃんも思うよ。だけど、あの言葉とどう結びつくのか」

珍しく弱気に聞こえる四寿雄の台詞に、七重はどやしつけるつもりで応じる。

「ちゃんと見つけよう。それが藤川カンパニーでしょ、シズオちゃん！」

3

「ちーちゃん」とは誰か。

数日後、思いがけない方向の可能性を拾ってきたのは、六郎だった。

「あの転落児、影で『ちーちゃん』って呼ばれてたらしいんですけど」

夕食後、みなの集まった席でそう切り出した。得意げに小鼻を膨らませている。

「だから、その言い方やめてってば六郎くん」

七重は不快な表現を注意したが、六郎は意に介さない。

「市村だから、ちーちゃん？」と九重が訊いた。

「違《ちが》くて、チクるから『ちーちゃん』」

「花奈ちゃんは、告げ口屋だったってこと？」と七重が訊くと、十遠が「あっ」と声を上げる。

「どうしたのテンちゃん？」

「この前、六年生たちが体育館の裏で叫んでたんです」

『やったね、ちー、バンザーイ！』

男女数人で代わる代わる声を張り上げて、笑い崩れていたのだという。ちーという言葉が聞こえ、手がかりになるかもしれないと盗み見てみたが、六年生たちが向いていたのは、敷地を囲う鉄柵だった。

「あれ、花奈さんのことだったんですね」

十遠がうつむき、七重も暗い気持ちになる。

『やったね。チクリ魔ちーちゃんいなくなって、バンザーイ！』

「転落児、ホームルームでやたらめったらチクってたって」

非難するような六郎の言葉を聞いて、四寿雄が言った。

「兄ちゃんの時代の小学校は、帰りのホームルームが言いつけタイムだったぞぅ」

「発表の時間」のような名前がついていて、クラスメイトの行動の良かった点・悪かった点を挙げていくのだというが、熱心な「発表」は悪い点に集中していたらしい。

「今日の体育の時間、藤川くんが鉄棒でふざけていました。よくないと思います、とか、理科の実験で、藤川くんがわざとリトマス紙に水をこぼしました。よくないと思います、とか、兄ちゃんはいつも吊《つ》るし上げられていたぞぅ」

「いやでも、それおまえが悪いから」

当時を回想してぼやく四寿雄を、八重が切り捨てる。

「俺らの時代でも、似たようなことをやらせる教師っていたけど、いまでもいるんだ」
九重が皮肉まじりに感心する。
「でも、授業というか指導の一環なら、まじめな子は真剣に申告しちゃわないかな」と
庇う発言をしたのは、七重もどちらかというとそのタイプだからだ。
小学生時代を振り返ると、無駄に正義感が強かったなぁ、と恥ずかしくなる。
「だとしても、まじめも度を越せば鼻につくだろう。ましてや、大人に押しつけられた
価値観外の世界に気づき始める年齢だ」
五武の指摘はもっともだ。
「あー、中学ん時クラスにいたな、そういう女」と八重が相槌を打つ。「勉強は出来た
けど駄目出しばっかりですぐキレるから、なにヒスってんの？　ってみんな醒《さ》めてた」
「はは、は」
一時期「歩く校則」のようなところのあった七重は、当時、周りにどう思われていた
んだろうと、ひそかに冷や汗を掻いた。
「あのう。花奈ちゃんのいう『ちーちゃん』が自分のことだと、言葉の意味が通らない
と思うんですけれど」と美晴が言った。
ちーちゃん　助けて。
「助詞がないこういう文章の場合って、『ちーちゃん』に花奈ちゃんが『助けて』って

訴えかけている、と読む側は受け取りますよね？」

「普通はそうだとあたしも思うよ」と七重は応じた。「でも、『ちーちゃん』と自分に呼びかけて、『助けて』と勇気を奮い立たせているとも解釈出来ちゃうんだよね」

「ちょっと無理矢理みたいだけれど――」

「ところが、そうじゃないのがこの商売なんだよ」

八重が、これまでにぶつかったことのある「言葉遊びじみた依頼」の話をする。

「書けないことって、あるんだよ」と四寿雄が言った。「特に、死ぬまでは秘密にしておきたいような『想い』はね。気が咎めたり、どうしても自分の心に正直になれなかったり。万一のアクシデントを想定したりするもんだから」

「うちの死んだバーサンなんか、まさにそれ」

六郎がスナの例を挙げた。

他者を攻撃することで自分を守ってきたスナは、「素直になりたい」という願いを記しきれずに、はじめの二文字だけ書くことで孫たちに託した。

あの時も、願いがわかるまでにずいぶんかかった。なまじ祖母の名がスナであったせいで、推理は回り道ばかりしていたっけ、と七重は思い出す。

「もし、花奈ちゃんの言葉の意味が七重ちゃんの言っていた方の解釈だったとすると、なにから『助けて』だったんだろう」

美晴が表情を曇らせると、十遠の口からひやりとする言葉が飛び出した。

「お母さんから。じゃないといいなって思います」

「逃げたくなるような母親なのか？」

九重が問うと、十遠に変わって四寿雄が答えた。

「はるかさんの続報だと、ちょっとそういう雰囲気があったみたいだ」

「具体的には？」と五武。

「何ていうか、子どもに年齢以上の責任を求めていたみたいなんだよ。三、四歳の時にはすでに、花奈ちゃんに周囲の手本になる行動を、って言い聞かせていたらしいんだ」

「ふうん」とうなずいたものの、それのどこがいけないのかがわからない。

「はるかさんが言うには、三歳やそこらの子には、『お手本』っていう漠然とした言葉の理解は難しいんだそうだよ。たとえば危険なことをしたとして、『怪我をするから』とか『お友だちが真似するから』のような、具体的な理由を挙げて禁止しても、その行動が楽しければ、わかっていてもなかなか止められないそうだから」

「でも、花奈ちゃんは言うことを聞けていたんでしょう？」

「理解度が高かったから、ではないようなんだ」と四寿雄が七重に応じた。「つねにそう言われ続けて、従わなければ叱られる『環境』がさせたことだ、って周りは見ているらしい。はるかさんは、花奈ちゃんのお母さんの態度に批判的だったろう？　あれは、その噂のせいもあるようなんだよ」

「子どもに厳しかったせいってこと？」と九重。

「教育にも熱心だったそうで、テストも九十点以下だと叱られたらしい。コンクールも代表に選ばれて当然、と言っていたみたいでね」

だけど花奈ちゃんも、あのママじゃ息苦しいわよねえ。

周囲では、そんなささやきもかわされていたという。

「親っていうのは、子どもの友だちやその親のことをよく見ているもんなんだってさ。批判目的じゃなくて、防衛本能のような気持ちかららしい」

未婚ゆえにぴんと来ない四寿雄に、はるかさんは噛み砕いて説明してくれたそうだ。

「ちなみに、父親は？」という八重の問いに、「家庭内のことは奥さんまかせ」と四寿雄が「はるかさん情報」で応じる。

「『お手本』をやめたかったのかな、花奈ちゃん」

七重は言った。とつぜん始まった、教師への反抗的な態度とも合致するように思う。

「やめたところで、いまさら」と六郎がせせら笑った。「おまえはスパイかっていうくらいチクりまくってたら、中学でハブ決定だっての転落児は！」

すばやく立ち上がった九重の右手が動いたと思った途端、ぱしゃんと水音がした。

六郎の顔にコーヒーをかけたのだと理解するまでに、ややあった。茶色い滴をしたたらせた六郎が、鬼の形相でわめき散らす。

「なにすんだよテメエ！」

「おまえこそ、自分の言っていることわかってるのかよ！」

めったにない、腹の底から絞りだすような大声をだした九重が、真っ向からにらむ。

「なんで、亡くなった子をそこまで貶《おとし》められるんだよ。転落転落って、いい加減にしろよ気分悪い！」

「は？　おまえの気分が悪いのなんか、俺カンケーねぇし。だってそのガキ、窓から落ちて死んだんじゃん。たんなる事実だろうが」

「事実なら、なにを言ってもいいって？　そういう小学生以下の主張しか出来ないのかよ、二十一にもなって」

「二人とも止めなよ」と七重は割って入った。タオルを取りに行っていた十遠が、六郎に手渡す。

六郎はわざと時間をかけて滴を拭いながら、九重に侮蔑の眼差しを投げた。

「避妊具も一人前に扱えないヤツが、他人に説教とか？　ウケる」

最大の急所を突かれた九重が床を蹴った。六郎に飛びかかる。

七重、美晴、十遠の三人が悲鳴を上げた。床でもんどり打った六郎に跨《またが》って、九重が殴りつける。

八重、四寿雄、五武の三人がかりで、二人を引き離す。

「二人ともここで終わりだ。終わりだぞぅ」

四寿雄の声をかき消すように、罵声が飛び交う。

「ヘタ打ったせいで、早々に人生終了〜。ご愁傷様〜」

「親離れ出来ないクソデブニートのほうが、終わってんだろ！」

「てめぇ！　ぶっ殺す！」

六郎が顔を真っ赤にした。再婚した実母と継父とのぎくしゃくした関係が、六郎の急所なのだ。

「殺すって誰を？　それこそ事実だろ？　再婚したママが僕を捨てたから困らせてやる——って、おまえ何年それやってるの？」

「九重、そこまでだ」

警告した五武に、九重は冷たい視線を向けた。

「いままで俺らが甘やかしたから、こいつどんどん腐ってくんだろ。親への当てつけで予備校辞めて、宅浪二年して、それでも足りずにまだブラブラ」

六郎の表情が変わった。それを見据えたまま、九重が続ける。

「専門学校、七月で退学してから何してたわけ？」

退学？　と目を剝いた七重は、六郎がうろたえて目を泳がせるのを見てしまった。

「図書館で勉強とか？」と九重がたたみかける。「もしかして、服が煙草臭いのはパチンコ屋かなぁ？」

「ふざけんな！　いじられるのが怖くて、学校に行けねぇビビリが！」

「しくじることすら出来ずに逃げたおまえのほうが、最強底辺ビビリじゃん」

嘲った九重に、六郎が持っていたスマホを投げつけた。固い音がして、九重が額を押さえてうずくまる。

「九重くん！」

駆け寄った美晴が、見る間に赤紫色にふくらんでゆく額に、青ざめてへたり込む。

四寿雄と五武の制止を振り切った六郎が、二階に駆け上がった。すぐに、ものを壊すような音が立て続けに響いた。

「くそ――。投げていいものといけないものくらい、判断しろよ！」

怒りに任せてソファを殴る九重に、七重はタオルにくるんできた保冷剤を渡した。

美晴がかいがいしく、それをあてがう。

「喧嘩両成敗だぞ」

四寿雄の怒ったような声に、九重は無言でうなずいた。腹立たしさと後悔の入り交じったような表情をしている。

「六郎が退学していたのを知ったのは、いつだ？」と五武が訊いた。

「――最近。自分が家にいるようになって、いくらなんでもロクは家にいすぎだろうって思って、学校に電話してみた」

「まあ、俺もそんな気がしていたがな」

五武がため息をついた。疑っていたのは七重もで、もしかするときょうだい全員なのかもしれない。

「四寿雄お兄さん」

階段際でもじもじしていた十遠が、遠慮がちな声をかける。

「うん、行っておいで」と四寿雄がうなずくと、十遠は階段を上がっていった。せめて自分だけは、藤川家で真っ先に受け入れてくれた六郎の味方でいたいのだろう。

「だけどアイツ、ほんとうにこの先どうすんの？」

十遠の背中を見送ったあとで八重が言った。

二浪後にどうにか滑り込んだ専門学校を、わずか数ヶ月で退学。

これまでは曲がりなりにも「通学しているフリ」をしていたが、暴露された以上、それすらもしなくなるだろう。

「うちで少しくらい毒舌でも、頑張って通っているならと思っていたんだけどなぁ」

そうやって、六郎を許して来たのは四寿雄だけではない。

「あいつのさ、花奈ちゃんに対する暴言ってさ」と九重が言った。「自分への怒りの裏返しだよね。クラスになじめなくて、その原因はたぶん、あいつの見下しきった態度のせいで」

「シズオちゃんは、六郎くんが退学してたことを知ってたの？」

七重が問うと四寿雄は首を振った。

「可能性は考えていたから、ダダには相談したんだけどね」

「ダダ？　なんて言ってた？」

「行き詰まったら、僕のアシスタントをすればいいよ。だってさ」

「なにそれ？　マジ？」と声を上げたのは九重だ。驚いた七重たちが注目すると、むすっとして横を向いた。「それ、俺にも言ってた」

「僕が引き受ける、はダダの最大級の愛情表現なんだなぁ」

四寿雄はうなずいているが、九重は納得出来ないらしい。

「目が醒めた」といきなり言い出した。これまでと表情を一変させると、「俺の制服ってクリーニング出来てる？」と七重に確認する。

「うん。家事部屋に吊るしてあるけど」

一時は制服なんぞ見たくもないという態度だったので、こちらで保管していたのだ。

花奈ちゃんの件はこれ以上進展しないだろう、と九重はさっさと自室へ引き上げた。

どうするべきか戸惑っている美晴も連れて行く。

「とりあえず、クーは学校に復帰するつもりってこと?」

半信半疑で七重は訊ねた。「と思う」と応じる四寿雄たちもあやふやである。

「素朴な疑問なんだけどさ、カメラマンのアシスタントさんって、だいたいは本人もプロ志望で、修業の一環なわけでしょ? そんなところにド素人の息子二人投入って、大丈夫なのそれ」

訊ねた八重に、五武が答えた。

「もとからいるスタッフさんに迷惑はかかるだろうが、そういうことを気にするタイプじゃないからな」

まるで無計画に口走ったんだろう、と七重もほぼ確信していた。

父はそういう人である。

「あたしとしては、クーがダダの提案を受け入れるつもりだったのに、びっくり」

迷いながらも美晴に歩み寄る姿勢を見せ、アルバイトまで始めた。そのきっかけを三理が作ったのは間違いない。

「受け入れたっていうよりも、受け入れてもらえている安心感じゃないか?」

七重が目を丸くすると、四寿雄が続けた。

「最後には家族が味方になってくれる。そう信じられると、踏ん張れることもあるだろう?」

寂しそうな表情は、踏ん張れない現実も、踏ん張った挙げ句にポキリと折れてしまう心もあると知っているからだろう。

「兄ちゃんは、クーにもだけど、ロクにも、味方のつもりでいたんだけれどなぁ」

ぽつりと言った四寿雄を、七重は慰めた。

「伝わっていないわけじゃないと思うよ、シズオちゃん」

☆

その数日後、遊びに行った承子さんのマンションで三理の話を披露すると、「あの人はねぇ」と盛大な呆れ声が上がった。

「なんでもほいほい引き受けるけど、華麗に周囲に押しつけるのよねぇ」

「うん、知ってる」

不在時間のほうが圧倒的に長かったとはいえ、十二年間同居していた父だ。

「これ頼むねぇ、ってびっくりするほどナチュラルなんだよね。ちょっとシズオちゃんが、そこ似てる」

「変なところばかり似るから、いやよね親子って」

ため息をついて見せつつ、満更でもなさそうだ。

承子さんのこういう表情を見ると、三理が万事に無頓着なせいで破局したけれど、いまでも嫌いではないのだろう。それなのに、なさぬ仲の七重をかわいがってくれ、九重のピンチには母親役で出てもくれる。

もちろんとても感謝しているけれど、嫉妬はないんだろうか、とコーヒーを淹《い》れている承子さんを盗み見てしまった。それとも「オトナ」は、そういう感情を超越してしまうものなのか。

「でも、よかったわね。九重くんが学校に戻って。あのまんま、思い詰めて退学しちゃうんじゃないかって心配していたのよ」

コーヒーカップとクッキーの入った皿を、承子さんがテーブルに置いた。今日のカップは、コレクションの中でも渋い織部焼だ。

「いまも辞めたそうだよ。長く休んだせいで、余計に距離を置かれてる気がするって」

「批判した方も、ばつが悪いかもしれないわね」

「まさにそれみたい。いまさら『え？　カノジョの妊娠って、こんなに休むような案件？』って態度を取られるらしくて」

九重いわく「卒業までぼっち確定」だそうだ。もうそれでいい、と開き直っている。

「クーの学校は三年生になれば、みんな受験でそれどころじゃなくなるから、実質あと数ヶ月、誰とも喋らなくってもかまわないんだって」

「急にたくましくなったけれど、そんなに六郎くんも誘われたのがいやだったの？」

「っていうか、もし二人ともダダのところで働くようになったら、誰が一番苦労するかを自覚して、ゾッとしたんだって」

父親に振り回されるだけならまだしも、文句の多い六郎の相手をしつつ世界の僻地へお供するのと、一年半耐えて高校を卒業するのとどちらがいいかを秤《はかり》にかけて出した答えだそうだ。

「結局、行くって決めた二日後からなんだけれどね、登校出来たの」

「それでも、頑張ったと思うわ。あとで絶対、スキルにつながるから」

「スキルって、なんの？」と七重は目をぱちくりさせた。

「人生経験？　一度折れても立ち上がれたら、次にへこんだ時もバネになったりするものなのよ」

「へこみたくないなぁ。バネの必要な人生じゃなくていいよ」

「みんなそうなんじゃない？」と承子さん。「だけど、山も谷もあるのが人生で、善意と同じくらい悪意も溢れているから」

それは、今回の妊娠騒動で痛感した。

「悪意と自覚した悪意より、無自覚の悪意の方がタチが悪いよね」

「そうねえ。いまは世の中の透明度が上がって、なんでも見えちゃうのがつらいわよね。

小学生までがネットで陰口三昧なんて、オバちゃんびっくりだわ」

「承子さんはオバちゃんじゃないです」と七重は正しておいた。「ネットのことは、地域性もあるんじゃないかな、って」

「まあ、都会の子は全般に早熟よね」

田舎育ちの承子さんは、子育て時代、この界隈で育った友人との考え方の差に色々驚かされたという。

「それはそうと、『ちーちゃん』は出てこずじまい？」

「うん。六郎くんが花奈ちゃん自身のことじゃないか、って推測を出したところで終わってる」

花奈ちゃんの転落死は「事故」の扱いになったため、マスコミの報道熱も冷めた。児童たちも口をつぐむことで日常に戻りつつあるという。

「学校がね、四階から踊り場へ上がる階段に、扉をつけたんだって」

十遠からその話を聞いてもイメージがわかなかったが、鉄格子に出入り用のくぐり戸を組み合わせたようなものらしい。

「ほんとうはもっと早くにそれをするか、タイルを削っておくべきだったんでしょうけれどね」と承子さんが首を振った。「お兄ちゃんが助かったぶん、心が痛くて」

「承子さん、シズオちゃんを二十年前のことで怒鳴ったんでしょ？」

転落未遂をきょうだいに告白した後、どういう意図があったのか、四寿雄は承子さんにも話したらしいのだ。

結果、激怒した承子さんが四寿雄の耳を摑んでひねり上げたという。

「子どもがあやうく死ぬところだったことに、時効なんてないわよ」

憤然と承子さんが応じた。その姿を見て、七重はつい訊いてしまう。

「承子さんてもしかして、モンペタイプ？」

怪物《モンスター》ペアレンツ。言いがかりに近いことでも周囲にクレームをつけ、我が子を守ろうとする保護者のことだ。

「当時はそういう言葉はなかったけれど、気質はね」と承子さんはあっさり認めた。

「怒鳴り込んだこともほとんどないんだけど、いつもけっこうピリピリしてたわ。だから、花奈ちゃんのお母さんの気持ち、なんとなくわかるような気がする」

そうなの？　と七重は目を丸くした。承子さんと花奈ちゃんのお母さんは、まったく別のタイプに感じる。

「わたしの場合はね、『悪いのはうちの子じゃなくて周囲』みたいな行動を取りそうになる時は、いつも保身が働いていたの。片親だってことや職種で責められたくない。そんな気持ちでいっぱいになることもあって」

意外な告白だった。

「人によるんだろうけれど、わたしは他人の評価が気になって仕方ないのね。子育てでも、子どもの評判が自分への評価のように感じちゃってつらかった。そのせいで、お兄ちゃんもイツもしんどかったと思うわ。悪いことをしたと思ってる」

「でも、それと花奈ちゃんのお母さんって、どう関係するの？」

「花奈ちゃんに年齢よりも大人の行動を求めたのも、突き詰めれば、お母さんがそう育てられたんじゃないかって気がしたの。あなたがいい子にしていないと、お母さんが笑われる。そう言われて育ってきて、同じように育てた。いいとか悪いとかではなくて、他の方法を知らないから」

　承子さんも？

　訊いてはいけない気がして黙っていたが、承子さんが察して苦笑する。

「わたしもよ。親のようにはならないつもりだったのに、って自分のしたことに何度も愕然としたわ」

　承子さんの両親について、七重が知っているのは「男だから」と弟を優遇していたというエピソードだけだ。

　承子さんの実子は、男二人。性では差別のしようがない。

「よく『虐待の連鎖』っていうでしょ。それの起こる理由って、つまりそういうことなの？」

「育ったようにしか育てられない？　そうね。でも、連鎖は止められるの。止めたいという強い意思があれば。とても大変なことよ。自分の中に確かな基準がないのに、自分と戦っていかなくちゃならないんだから」

承子さんは過去を振り返るような表情をした。それから「虐待じゃないわよ。止めたかったのは連鎖よ？」と冗談めかす。

「そういえば、花奈ちゃんのおうちは引っ越すかもしれないんだって」

七重は「はるかさん情報」を伝えた。一人娘を失ったご両親の憔悴《しょうすい》は深く、特にお母さんは実家で静養しているそうだ。

「聞いてるだけで胸が張り裂けそうよ」

涙目になった承子さんは、片手で胸を押さえた。

「お母さん、教育にも熱心だったそうだから、真面目な方だったと思うのね。周囲にも気持ちをぶつけられないなら、いまどんなに苦しんでるか――」

「それを聞いちゃうと、ちーちゃんを探さない方がいいような気がしてきた」

「ナナちゃん、花奈ちゃんが亡くなったのは、お母さんから逃げようとしてだと思うの？」

承子さんの声に咎めるような響きを聞いて、七重は言葉を探した。

「わかんないし、そうじゃないといいなとは思っているけど」

「わたしは事故だと思うの」

「そう信じたいから？」

「半分はね。もう半分は、お母さんと戦っている最中だったからよ」

「戦っている——？」

「花奈ちゃんは、お母さんの顔色を窺って生きている子だった。お母さんの気に入るように振る舞うことに必死で、周りが見えていなかったはずよ。それが大人への入り口に差しかかる年齢になって、ふと気づいたのよ。自分が同世代に、どれほど煙たがられているのかを」

つねに大人の望む答えを口にする花奈ちゃん。

優等生であることを印象づけるために、告げ口ばかりしていた花奈ちゃん。

「いい子のはずの自分が、みんなに嫌われている。きっと、足下をすくわれるようなショックだったはずよ」

「だから、いい子の枷《かせ》を外すために、評判の悪い上級生とつきあったの？」

「その打開のつもりもあるだろうけれど、あの行動はお母さんが『悪い子を嫌う』からよ。いままで自分は我慢させられてきたんだ、と悟った反動は、怒りに変わるもの」

承子さんの言葉は身に覚えがあるように聞こえたが、七重には訊けなかった。

「もちろん、あんな危険な場所で遊んでいたんだから、落ちてもいいやくらいには、自《や》棄《け》になっていたでしょうけどね」

「シズオちゃんがね、あそこで遊ぶ子は問題を抱えている子だって」

七重が言うと、承子さんは一瞬、苦しそうな表情を覗かせてからうなずいた。

「そうね。わかるわ」

4

「今日、すっごくいやなものを見ました」

一緒に買い物をするために待ち合わせたスーパーで七重と合流するなり、十遠が文句をまくし立てた。

今日は美晴も一緒だ。気分転換に散歩がしたいから、とついてきたのである。

「テンちゃんがそんな顔するって、よっぽどだよね。なに?」

「学校に中学生が入り込んで、校舎の裏に回って、写真を撮っていたんです」

「裏側って、花奈ちゃんの亡くなった——?」

七重が確かめると、十遠が顔をゆがめて肯定した。

「亡くなった場所で、一人が倒れてる真似をしていたそうです」

十遠が見た時にはすでに教師が到着しており、追い出しにかかっているところだったようだ。

「その中学生、うちら卒業生だし、母校訪問ですぅ。お久しぶりですセンセーってゲラゲラ笑ったりして、気分が悪かったです」

悪びれた様子など、微塵《みじん》もなかったという。

「最低」と七重は言った。カートを摑む手に力が籠もる。

「その写真って、SNSに使うつもりなのかな」

美晴が眉根を寄せて訊いた。利用者が不快になるような悪ふざけや、人道的な問題を含んでいる事件を揶揄《やゆ》した写真が投稿された、というニュースは枚挙にいとまがない。

「その中学生たち、花奈さんが亡くなってすぐの時にも校内に入り込んで、注意されたみたいです。その時は、ほかにも来ていた人たちがいましたけど」

「何回も来てるの？」

七重は驚いた。花奈ちゃんが亡くなって、二週間。不謹慎な言い方をすれば、ニュースとしての「新しさ」はかなり薄れている。

それなのにまだ遊びの道具に使うしつこさに、嫌悪感を覚えた。

「写真を投稿して楽しみたいなら、もふもふした仔猫《こねこ》でも撮っていればいいのに」

「わたしのぬいぐるみを貸してあげてもいいよ」と美晴がまじめくさって応じた。二人が気に入っている、キモかわいいキャラクターのそれだ。

思わず七重が噴きだすと、言い出しっぺの美晴と十遠がつられた。笑ったことで、十遠の気持ちも和んだようだ。手分けをして食材をカートに入れ、ついでに三人の分だけ、秘密のデザートを買った。

夕食の支度前に、キッチンでこっそり食べるつもりだ。

「美晴さん。六郎お兄ちゃんの様子って、どうですか」

帰り道で十遠が訊いた。

九重との口論以来、きょうだいを避けている六郎を案じている。

「昼間のってこと？　ごめんね、ほとんど会わないからわからないんだ」

「お昼もですか？」

「うん。いつもみんな、ナナちゃんと十遠ちゃんが作ったお弁当を食べてるでしょう？　わたしは体調が良ければ四寿雄さんとご一緒することもあるけど、六郎さんは誘っても返事がないの」

六郎はもともと、昼食は自分のペースで食べるのを好むためもあるだろう。

「そうですか」と十遠はしょげたが、予想通りの答えでもあったようだ。

「テンちゃんから見て、六郎くんってどうなの？　やっぱり、クーのこと怒ってる？」

七重が訊ねると、十遠は首を傾げながら応じた。

「初めはそうだったみたいですけれど、いまは違う気がします。でも、余計なことをしやがって、って思っているかもしれないです」

「余計なことって？」

「学校に戻ったこと。出遅れたって思って、ますます動けなくなったみたい。もちろん、お兄ちゃんがそう言ったわけじゃないですけど」

傍で見ていて、そう感じたのだろう。

「九重お兄さんは、戻るって決めたら、ぱっと戻ったでしょう？　お兄ちゃんはそれが悔しかったみたいで。そんなにすぐ戻れるなら、あれってじつはズル休み？　って」

「焦ってるんだね」

そういう気持ちには覚えがある。誰かに先を越された悔しさと、それが成功した妬ましさがごっちゃになって、自分を振り返るとひときわ惨めに感じるのだ。

七重が現在、九重に対して抱いている感情も、それに近い。

「どうしたらいいと思いますか、お姉さん」

「うーん」と七重は苦しい声を上げた。「六郎くんのは、時間が経ち過ぎちゃってるからなぁ――」

家に閉じこもるようになったのは、大学受験で躓いて以降だ。そのことを離れて暮らす実母と継父に責められたのを根に持って、継父の用意した予備校費用を着服して豪遊、その後は当てつけるように「自宅浪人」の道を選んだ。

しかし勉強を怠ったため、一浪で挑んだ入試も全滅。二浪目は受験費用を振り込んだにもかかわらず受験を放棄し、一校も受けずに終わった。

一年間遊びほうけた結果を、突きつけられたくなかったためだ。

六郎は現実から目を背け、「あの時受験していれば受かったに決まっている」という態度を取った。そんなはずがないのは、本人が誰よりも知っているのに、自分を欺す道を選んだのだ。

「わたしのせいかもしれません」

十遠がそう言い出し、七重は慌てた。

「どうしてテンちゃんのせいになるの」

「受験の日の朝、お兄ちゃんがつらそうだったからわたし、大丈夫？　具合悪いならお休みした方がいいよ、って」

「いやいやいや、テンちゃんは心配しただけでしょ？」

「わかってたんです、仮病だって。だって、いつもいつもゲームとネットばっかりやってて、大学に受かるわけないですから」

「――――」

「わたし、お兄ちゃんに勉強した方がいいよって言ってたんですけど。うるさがって、だんだん怒るようになってきたから――」

「テンちゃん。それ絶対に、テンちゃんのせいじゃないから。あたしたちなんて、それよりももっと前に言うのを止めてたし」

　当時、六郎があまりにカリカリしているので、七重たちは遠巻きにしていた。十遠だけは六郎の側へ行き、六郎の方も十遠の言うことだけは聞いているようだったので、放置していたのだ。

「ごめん、テンちゃん」と七重は詫びた。「六郎くんのこと、押しつけた形になっちゃってて」

「押しつけられたなんて、思ってないです。お姉さんたちがお兄ちゃんに言っても聞かないのはわかっていたし、わたしのことは怒鳴ったりしなかったから」

「だけど」

「違うんです。そうじゃなくて、あの時、ちゃんと本当のことを言えばよかったのかなって思ったんです。不合格が怖くても、言い訳しないでちゃんと受けなよ、って。そうしたら、お兄ちゃんはいまみたいにならなかったかもしれないから」

「だけど、いい方に変わる保証はないよ？　テンちゃんにまで責められたって感じたら、六郎くんの性格だともっとひねくれちゃったかも」

　十遠は「そっか」とつぶやいた。そういう可能性は考えていなかったようだ。

「お母さんと仲直りできれば、治るのかな」

「どうなんだろうね」

そうだといいのに、と思いながら七重が応じると、十遠が続けた。

「お兄ちゃんも、わかるといいのに。お母さんは思い通りにならない。だから自分で、自分の気持ちをどうにかするしかないんだ、って」

十遠のこういった「九歳らしからぬ発言」を聞くと、七重は胸が痛い。十遠自身がそうやって、自分の気持ちと折り合いをつけて来ざるを得なかったのがわかるからだ。

「見守るしかないんだよね、きっと」と七重は言って、歩道に転がっていた空き缶をよけた。「自分と向き合うのって、時間のかかることだと思うから」

☆

その日の夕食時。六郎にラインで声をかけると「ちっと待ってろ」と返事があった。これまでもゲームの切りが悪い時などは、呼んでも下りてこないことが度々あったが、返信は珍しい。

きょうだい間がぎくしゃくしている時期でもあったので、少し待とうと、みなで決める。十分経ち、三十分経ち、一時間が過ぎたところで八重が立ち上がった。

「これ以上待てねえ！　腹が減った！　呼んでくる！」

「怒鳴り込んだら喧嘩になるよ、ヤエ。もう先に始めよう」

七重は促した。十分おきに催促したが、すべて無視されているのだ。仕方がない。

「そうだな、イツも帰ってきたことだし」

お預けの最中に帰宅していた五武は、すでに着替え終わっている。

すっかり冷めてしまった味噌汁を温め直していると、六郎が廊下を踏み抜くような勢いで歩いてくるのが聞こえた。

「見つけたぞ！」

「遅せぇんだよ、ロク！」

ドアを開けて言うなり八重の声が被さって、六郎が面喰らった。

「は？　つか、なんでまだメシ食ってねぇの？」

「って、おまえが待ってろって言ったからじゃん」

「言ってねえし！」

「もしかして、ロクが言った『待ってろ』って、そっちだったのかぁ？」

歯を剝きだして応じた六郎は、四寿雄に訊かれて持っていたコピー用紙の存在を思い出したようだった。

同時に、自分の返信が言葉足らずで誤解を生んだのにも気づいたようだ。

ばつが悪そうに横を向いて、詫びる代わりのようにコピー用紙の束を突き出す。

「見つけたんだよ、『ちーちゃん』」

報告にきょうだいは色めきたった。なんの手がかりも見つからず、みな、内心では諦めかけていたのだ。

「見して」と八重が紙束をひったくった。味噌汁を運びながら七重がちらりと覗くと、SNSの画面をプリントスクリーンで印刷したもののようだった。

「左喜知江《さきちえ》って子」

「それが『ちーちゃん』？　花奈ちゃんとの関係は？」

七重が訊ねる横で、八重が低い声をもらした。なにごとかと見遣ると、不快そうに顔をゆがめている。

「なんだよこれ、いじめログじゃん」

いじめの記録と聞いて、七重の背筋が冷たくなった。

『ちー死ね』『ダサ』『ちーマジウザ』

『トロいし』

『殴ったくらいで泣くとか』『サキサキチェチェチェ』『なにそれ意味不明w』

『花奈みたいに飛んだらよくね？』

『それウケる』

プリントアウトには、ぞっとするような言葉ばかりが並んでいた。

「これ、書いてるの誰？」

九重がこわばった表情で訊いた。

「地元中学の一、二年生のメスガキどもと、底辺高校の一年の女」

「この人たちです」と一枚の投稿画像を指した十遠が言った。「今日、学校に来てた卒業生」

その写真には、笑顔でVサインをする少女二人が写っていた。ごくありふれた仲良しのセルフポートレートだが、日付は花奈ちゃんが亡くなった翌日。

背景は小学校の校舎裏だ。

気分が悪くなり、七重は口を結んだ。少女たちのはしゃいだ表情が信じられない。

「たぶん、これが知江」

六郎が、別の投稿画像を示した。数時間前に、十遠が見たというあの場面だ。中学校の制服を着た少女が校舎裏の地面にうつぶせに倒れているところを、先程の投稿画像の少女たちが芝居がかった驚き顔で指さしている。

七重は知らず、口元を手で覆っていた。これは酷すぎる。

「いじめのターゲットの子に、亡くなった子の役をさせて写真を撮るなんて――」

「おまえがこのSNSを探したのは、十遠の話を聞いたからか？」

五武の問いに、六郎はうなずいた。

「近所で事件があったから写真撮るってのはともかく、古いネタになってもやるのってヘンだろ？　そいつらナニ粘着してんの、って思って、もしかしたら、花奈とも関係があったのかもって調べたんだ」

「そうだよ、中学生」と七重は声を上げた。「花奈ちゃん、素行のよくない上級生とつきあっているって噂があったんだ」

「俺も、それ思い出したからチェックしたんだって」

少女たちのＳＮＳのページを確認しながら遡ってゆくと、このグループに花奈ちゃんが加わっているのがわかったという。

「まー普段の連絡とかは、ラインでやってたんだと思う。このＳＮＳはどっちかっていうと、いじめの発表会」

標的にされていたのは知江ちゃんのみのようだ。知江ちゃんはグループのメンバーの一人で、初めから最下位に置く目的で仲間に入れていたらしかった。

「こいつらアホか？」と八重が吐き捨てた。「こんなのを全世界に向けた発信してたらすぐにバレるだろ」

「バレそうになるのも、スリルの一つなんだろう。問題が起きた瞬間、アカウントごと消してしまうつもりじゃないのか」

五武が汚いものでも見たかのように、眉をひそめる。

「ちーちゃん　助けて」

目を見開いた美晴がふいに言った。きょうだいが顔を見合わせる。

「そういうことだよね、シズオちゃん」

左喜知江ちゃんを助けて——。

「つか、知江がテメエでさっさと縁切れっての」

毒づいた六郎に、美晴が反論した。

「出来ないこともあります」

トモダチだし本気じゃないと思うから。我慢すれば得るものもあるから。独りになるよりマシだから。さまざまな理由がある。

美晴は、視界の端に九重を捉えながら言った。

「ぼっちになるのは、勇気のいることなんです」

六郎が気まずそうに目をそらした。ごにょごにょと、小声でなにか言い訳する。

「まずいよねシズオ。これ、エスカレートするよ」

九重同様に危機感を覚えたのだろう、四寿雄がうなずく。

「すぐに動くよ」

「こいつら、俺の後輩だろ？　うちの中学、相談する先生は選んだ方がいい」

地元中学を卒業した八重の言葉を聞いて、五武が名乗りを上げた。

「俺も力を貸す」

「花奈さん、もっとはっきり言えばよかったのに――」と十遠。

同意だった。四寿雄にわかるようなヒントを口にしてくれれば。

「言えなかったんだよ。だから花奈ちゃんはああ書いたんだ」

「シズオちゃん？」と七重は目を丸くした。

「花奈ちゃんにとって先輩たちは、チクリ魔のちーちゃんと呼ばれて避けられた自分を受け入れてくれたグループだ。そこで知江ちゃんが酷い目に遭っているからといって、大人に告げ口したら、また嫌われることになるかもしれない」

「ちーちゃん」に戻って、居場所を失いたくない。

けれどこのままでは、「ちーちゃん」が酷い目に遭い続けてしまう。

「だから助詞がないのか」

二重の意味に五武が気づく。

チクリ魔のちーちゃん、左喜知江ちゃんを助けてあげて。

「あの言葉は、花奈ちゃんの精一杯だったんだなぁ」

花奈ちゃんの気持ちを思って、七重は涙がこみあげた。いっこうに動かない四寿雄に痺れを切らせて、十遠を使って念を押したのにも納得がいく。

「花奈ちゃん」と目を赤く濁らせた四寿雄が空を見上げた。「きみから預かった『秘密』、ちゃんと解決するからね。おっちゃん、ニブくてほんとゴメンな」

☆

それから一月《ひとつき》の間に、界隈から一組と半分の家族が転出した。

一組の方は、市村さんご夫妻。地方出身だったご主人は、以前から打診されていた、地元近くにある関連会社への出向を決めたという。

都内出身で、花奈ちゃんを私立中学に通わせるために市内で暮らしたかった奥さんも、同行を希望した。この先、花奈ちゃんの同級生が成長してゆく姿を見続けるのは、つらすぎるから、と。

半分というのは、左喜知江ちゃんとそのお母さんだ。カンパニーの調査の過程で数々の暴力の証拠も出てきたが、知江ちゃん自身が頑として「いじめ」とは認めなかったため、越境による通学校の変更申請が通らなかったのである。

むろん、「いじめはなかった」ため、関係した生徒への処罰も下らなかった。

愛娘が一種の洗脳状態にあることを危ぶんだご両親は、一時別居という形を取り、お母さんが他県にある実家に帰ることで、知江ちゃんの転校を合法的に行ったのだ。

さいわい、知江ちゃんの母親の出身地は東京近郊ながらのんびりしたところで、いま通う中学校よりも問題は少ないという。

初め、知江ちゃんは転校を激しく拒絶した。いまの中学がいい、楽しい！ と主張していたが、花奈ちゃんの遺した秘密の言葉を聞いて目に涙を浮かべた。

涙の理由を知江ちゃんは明かさなかったが、その後すぐに転校を承知したという。

左喜さん宅では数年間、知江ちゃんの姉が家事を引き受けて父親と留守を守るそうだ。

引っ越しの朝、知江ちゃんの姉は笑って見送ったらしい。母と妹の背中を見送ったのち、玄関に駆けこんで父親にすがって泣いたという話だった。

「結局、花奈ちゃんは事故だったのかな」

通勤、通学のため家を出るきょうだいを、外まで見送った美晴が、ぽつんと言った。

「承子さん――、あ、シズオちゃんとイツ兄のお母さんは、そう信じるって」

一足早い冬休みに入った七重は、美晴に承子さんの見解を説明した。

「反動は怒りになる、か。母親が逆上して泣き叫ぶ顔を見ると、知るかざまあみろみたいな気持ちになるの、わかるかも」

美晴の言葉には実感が籠もりすぎていて、なにも言えなかった。

「寒いね、冬だね」と美晴が両手に息を吐きかけた。バスの排気ガスも白い。

ガタンと内側から引違戸が開き、七重と美晴は揃って振り向いた。

ばつの悪そうな顔で、六郎が出てきたところだった。何も言わず、繁華街の方へ向かって走ってゆく。

このところ、週に数日、六郎がそうやって朝から出かけてゆく。

「労働のにおいがするぞぅ」と鼻をひくつかせて断じたのは四寿雄だ。いわく、「兄ちゃんは尊い気配には敏感」なのだそうだ。

「いや、金のにおいにでしょ？」と八重につっこまれてふてくされていたが。

六郎がどこでどう働いているのか、誰も知らない。生活費を入れるわけでもない。けれどきょうだいは、知らぬフリを決めた。ある程度続いて自信になれば、六郎の方から威張るはずだ、と。

「続くといいよね」と七重。

「そうだ、ナナちゃん。今日は九重くんの好物の他に、六郎さんの好きなものも入れようか」

九重の学校は今日が二学期の終業式だ。

毎日愚痴一つこぼさずよく通った、その慰労をこめた献立の予定である。

「六郎くんは野菜抜きでマヨネーズがたっぷりかかってればごちそうだよ」

「うーん。じゃあ、唐揚げ丼にマヨネーズを添える？　んっ」

いきなり美晴が中腰になったので、七重は焦った。

まさか産気づいた？　まだそんな時期ではないはずなのだが。

「いま、お腹がもこっていった。これって胎動？」

「ってあたしに聞かれても、わかるわけが――」と七重はうろたえた。

美晴はつわりが終わり、すでに妊娠中期に入ったはずだ。

「本では十六週目あたりから、お腹がぽこぽこするって書いてあるんだけれど。ぽこぽこじゃなかったよ」

「っていうか、美晴ちゃんもう十六週をとっくに過ぎてるよね？」

「初めての妊娠は、感じるのが遅い人が多いんだって。あ、またもこっていった。でも、ぽこっじゃないよ」

焦った調子で言うので、七重は切羽詰まって承子さんにメールをして訊いた。

すぐに折り返しでかかってきた電話の着信音で、この時間、承子さんは仕事明けで寝入ったばかりであると思いだす。

恐縮しながら電話に出ると、眠たげな承子さんから美晴に問うように頼まれた。

『そのもこっていうの、これまでに感じたことある？』

美晴が首を振ったと伝えると、承子さんは豪快な笑い声を上げた。

『じゃあ、それ胎動よ。やったじゃない！』

第4話　愛の遺言

1

最近、美晴がピリピリしている。妊娠中はホルモンバランスが崩れ、感情の振れ幅が大きくなるというから、そのせいだろうか。

出産予定日まで、あと二月《ふたつき》と少し。お腹もだいぶふっくらした。

そろそろベビー用品を揃え始める頃だと思うが、まだ買いに行った様子はない。

「買いに行こう」と七重から誘ってもいいものか、判断がつかずにいた。

我が子の使う物は、その父親と選びたいかもしれないし、万一を考えると、もっと時期が近づいてからにしたいのかもしれない。

七重の思考は垂れ流しになっていたのか、ある日、九重が美晴を誘って出かけた。

同居を始めて、五ヶ月あまり。二人だけで出かけるのはこれが数度目だ。

美晴のバッグを九重が持ち、ぎこちなく気遣いながら歩いて行くのを見送り、七重はうらやましさを感じた。

「いいなあ」

「なにが？」

ふいに背後から声をかけられ、飛び上がりそうになる。

振り返ると、汗ばむ陽春のこんな日に、ニット帽にダウンジャケットを着た男性がすぐ側に立っていた。痩せぎすで猫背の四寿雄よりもさらに細く、猫背だ。

「島ぶんさん」

島崎文吾《しまざきぶんご》さんは、四寿雄の小学校時代の同級生だ。ご両親はすでに亡く、受け継いだ数棟のアパートやマンションを管理している。

「お兄さんいる？」

島ぶんさんが身体を揺らすと、ジーンズのベルト通しにひっかけた鍵束がにぎやかな音を立てた。

「まだ寝てますので、存分に叩き起こしてやってください」

「はいはい。了解」

島ぶんさんは玄関で靴を脱ぐと、そのまま四寿雄の自室兼事務所の受付窓を開けた。

「しぃーずおくーん」と、わざと間延びした声で呼びかける。

四寿雄が返事すらしないので、ドアを開けて中に入った。「うっ」と四寿雄がうめいたのは、島ぶんさんが腹の上にでも腰かけたのだろう。

「お掃除のお仕事があるんだけど、やってもらえないかなぁ？」

管理しているアパートで、退去者が出たのだろう。むろん、きちんとしたリフォーム会社とも契約しているが、「特別な清掃」を必要とする場合、便利屋の四寿雄に仕事が回ってくる。

七重は無意識に、頭の中で今週の予定をさらった。友人と外出する予定が一日だけあるが、ほかは空いている。

――高三進級を控えた春休みだというのに、地味なことこの上ない。

九歳の継妹の方が、よほど華やかである。十遠ときたら今日は「ハルくんとデート」で、明日は「クラスの女子とお泊まり会」だそうだ。

「んー。どこの掃除？」と四寿雄がくぐもった声で訊いた。

「アイガン荘」

島ぶんさん管理のなかでも、もっとも古いアパートだ。家賃を沿線でも最低価格に設定してあるため、長期の契約者が多く、店子のほとんどは独居のお年寄りだ。

「先週、入居者が亡くなったんだけど、身寄りのない人でさ。遺品整理を手伝ってほしいんだよ」

「んー。じゃあ、準備したらすぐに始めるよ」

「シズオちゃん、すぐって今日？」

七重は思わずドアから首をつっこんで訊いた。「そう」と応じられたので、手伝いの人員確保に走る。

「マジ？　めんどくせー」

四寿雄と七重以外で、唯一在宅していた六郎が顔をしかめる。

続いて文句が飛び出すかと思ったが、六郎はゲームのコントローラーを置いた。

「捨ててもいい服に着替えてくる」

今週は一度も外出していない。気分転換するつもりになったようだ。

スウェットパンツを引き下げ、ゴムの痕を掻きながら六郎は自室に上がって行った。

その後ろ姿を見送りながら、七重はため息をつかずにいられない。

去年の暮れ、週に一、二度ほどのアルバイトを始めた（らしい）六郎だったが、一月後には元の生活に逆戻りした。三食昼寝付き。家事に対する貢献度はゼロパーセント。

それでもマシだと思えるのは、一時期のような暴言がないことだろうか。

しかし、いつまでもその点を慰めにしているわけにもいくまい。

藤川家の生活は、再来月より劇的に変わる。新しい、小さな家族が増えるのだ。

『初めは、家中がてんてこ舞いだと思うわよー』という、承子さんのありがたいお言葉もちょうだい済みだ。

すでに七重と十遠は「美晴のバックアップに回るため、これまでのように世話は焼けない。少しずつでも協力してくれ」と兄弟に宣言してある。だが男どもの様子を見ていると、真剣に受け止めている者は誰一人いないようだ。

バスタオルを肩に引っかけた四寿雄が風呂に向かったので、七重は島ぶんさんにコーヒーを出してから出かける支度をした。「遺品整理」はこれまでに幾度かしたことがあるため、必要な用具もわかっている。

四寿雄が風呂から上がるのを待って、揃ってアイガン荘に出かける。

ここに来るのは久しぶりだ。そう、一年半ぶりだろうか。

一階のある部屋のドアを目にすると、記憶がしくりと疼《うず》いた。

尻尾のない犬、タタミの飼い主だった向井《むかい》さん。

ああいう形で悪意を向けられたのは初めてで、いまだに昇華しきれない気持ちがわだかまっている。

ばったり鉢合わせしたらいやだな、と思っていた七重は、ドアに貼られた「入居者募集」のプレートに気づいた。

「あれからけっこうすぐに出て行ったんだよ」と視線を辿った島ぶんさんが言う。「ほんとうは気のちっちゃい人だったんだろうなぁ。周りから白い目で見られるようになったら、暴れるだけ暴れたあとでね」

家賃も踏み倒されたそうだ。

「家族に請求しなかったんスか？」

六郎が訊いた。藤川家が調査をした関係で、子どもたちの所在はわかっている。

「まあ、ここはそういうリスクも込みで貸しているからねぇ」と島ぶんさんが応じた。

「ただ、請求はしない代わりに荷物の処分はお願いしたけれど」

部屋の片付けに来たのは、横暴な父親の感情のはけ口として、自身の妻子を差し出して離婚になった長男だったそうだが、業者にやらせろ、格安で紹介しろとさんざんゴネたらしい。

「その『格安の業者』に紹介が来なかったのは、島ぶんさんがとぼけたから？」

七重が訊くと、島ぶんさんはニヤニヤした。

「シズオーマンの飯の種を奪ったことにもなるんだけどさ。もう関わりたくなかったでしょ？」

気遣いに感謝しつつうなずく七重の横で「シズオーマンって」と、六郎がつぶやいている。

ちなみに「シズオーマン」は、四寿雄の小学生時代の綽名だ。

依頼の部屋は、二階の角部屋だった。

島ぶんさんが玄関の鍵を開けると、不思議な香りがした。清々しいけれど独特な、植物のような香りである。

「あの辺からにおってるようなんだけどね」

三畳のキッチン、六畳の和室という間取りの、和室の一角を島ぶんさんが示す。

「ずいぶん物が多いなぁ」と四寿雄が感想を漏らす。

この部屋の入居者は、なんでも取っておくタイプだったようだ。チラシ類、ペットボトル、おもちゃなどが雑多に混ざり合っている。

「これって、全処分の方向ですか?」と七重が訊くと、島ぶんさんはうなずいた。

「うん。うちが一任されてる。売れるものは売って、代金は清掃費の足しに、ってさ」

「じゃあ、とりあえず」と七重は持参した大容量のゴミ袋を数枚広げた。

「可燃物」「不燃物」「カンやビン」「重要書類（かもしれないもの）」とそれぞれ用途を定める。

あとは、部屋の中のものを黙々と分別してゆくだけである。

「亡くなったのって、わりと若い人だったのか?」

おもちゃの多さに四寿雄が訊いた。ガシャポンの景品らしいものがかなりあって、電車、ヒーロー戦隊ものの変身アイテム、恐竜の置物などがあちこちにある。

景品の入っていたカプセルも転がっている。

「田北《たきた》さんは五十代かなぁ。いってたとしても、六十代初めだと思う」

「シズオちゃんも死ぬと、いまみたいなこと言われるよ」と七重は言った。

四寿雄もガシャポンは好きで、しょっちゅう小銭を使っている。

「むう」

うなった長兄の横で、遺品を掘り返していた六郎が、小さなシャベルを見つけた。柄の先に女児向けアニメのキャラクターがついた、子ども用のプラスチックのシャベルだ。使い込まれており、彩色の薄れているところもある。

「これって、ガキが砂場で使うやつだろ？」

「ああ、拾ってきたのかもね」と島ぶんさん。「そういうくせがあったんだ」

「じゃあ、こういうのもそれ？」

七重はいくつも置いてあるスーパーの袋を覗きこんだ。ペットボトルの蓋、どんぐり、萎《しお》れた花びらなどが、それぞれの袋に詰まっている。

「花びら、桜だね。集めた時はきれいだったんだろうなぁ」

七重は子どものころを思い出した。吹き溜《だ》まった桜の花びらの色にうっとりし、どうにか保存できないかと苦心したっけ。

袋に集められたものは田北さんの宝物だったのだろう。そう思うと申し訳なかったが、七重たちは次々と分別していった。

部屋の三分の一が片付いた頃、初めに嗅いだ芳香の正体がわかった。直径一・五センチほどの木の実だ。木の実——かどうかは正確にはわからないのだが、黒っぽい、三角《さんかく》錐《すい》の上を切り落としたような不思議な形をしている。

「こういうの、初めて見た」

というか、落ちていても地面の色と同化してしまい、見過ごしてしまいそうだ。

こういうものを見つけられる田北さんに、興味がわいた。

「島ぶんさん、田北さんて、どんな人だったの？」

「真面目で気持ちの優しい、何事にも一生懸命な人だったよ。自分の仕事だからいいって言ったんだけれど、毎朝、仕事に行く前に、ここと下の通路を掃除してくれて」

「集合住宅に住むメリットって、家の前の掃除を管理人に押しつけられることじゃね？」と六郎が呆れ顔をする。

「俺もそう思うんだけれど、朝起きたら家の前を掃除するのが習慣だったみたいで、習慣を変えたくなかったんだよ」

「ふうん。あたしだったら喜んで放り出しそう」

「七重ちゃんはそうかもしれないけれど、田北さんは変化が苦手だったんだ」

「それってさぁ」

六郎が揶揄するような言葉を発するのを察したのか、島ぶんさんが機先を制した。

「うん、障害のある人だったよ」

障害者の自立を支援する団体のサポートを受けつつ、独り暮らしをし、仕事をしていたそうだ。

「学校を卒業してからずっと、元町《もとまち》の亀田《かめだ》ベーカリーの製パン部で働いていたんだ」

もうちゃん。

耳元に声がよみがえり、七重ははっとした。「もしかして、大柄な人？」と訊く。

「そうだね。身体は大きい人だったけど、七重ちゃん知ってるの？」

「子どものころ、あのお店が近かったから行ったことがあるので――」

「ほんと？　あそこの『手ごね』シリーズは、田北さんの担当だったんだよ」

島ぶんさんがにこにこしたので、七重は合わせてうなずいた。

亀田ベーカリーは、古きよき時代の面影を残す老舗《しにせ》のパン屋だ。近隣の喫茶店に卸す食パンを中心に作っているが、昔ながらの総菜パンや菓子パンも少量商っている。

その中に「手ごね」を謳った商品があり、地元ではおいしいと評判だった。

そうなんだ。あのひとは、あのパンを作っていた人だったのか。

「あたしがクリームパン、ヤエがジャムパン、クーがチョコパンを好きで、母がよく『喧嘩がなくていいわ』と笑ってました」

母親の笑顔を思い出して、無性にクリームパンが食べたくなった。けれど、思い出の味を作っていた田北さんは亡くなってしまった。

そう気づいて、しんみりとする。

「田北さん、どうして亡くなったんですか？」

「心臓発作だそうだよ。もともと、心臓があまり丈夫じゃなかったらしいんだ。職場で急に苦しみだして、救急車で運ばれたけれど、そのまま——だったって」

長く働き、家族同然だった田北さんは、亀田ベーカリーの社長夫妻が喪主となって送ったそうだ。

「ご家族は？」と四寿雄が訊く。

「ご両親はすでに鬼籍で、あとは弟さん家族が近親者なんだけれど、没交渉なんだよ」

「じゃあ、遺品の整理を頼んできたのは？」

「亀田のじいちゃん」

島ぶんさんが親しげなのは、交流があるからのようだ。

「あ、そうだ。じいちゃんが、なにか形見になりそうなものを欲しがっていたんだった。シズオーマン、よさそうなものを見繕っておいてくんない？」

「ほい、わかった」

七重も気をつけて見ておこうと思った。

しかし、形見にふさわしいものって、なんだろう。

飾りつきのヘアゴム。持ち手のとれたピンクの縄跳び。紐の切れたマスコット。

田北さんが拾ってきたらしいがらくたに、七重の心がざわつく。

「普段身につけていたアクセサリーやお守りってないんですか？　あとは、仕事で使っていた道具とか」と七重は訊いた。

形見にふさわしいのは、そういう品々ではないだろうか。

「お守りは、亀田のばあちゃんがお寺さんに返しにいくそうだよ。田北さんをずっと守ってきたものだから、って」

「じゃあ、仕事の道具は？」

「パンの生地を切り分けるときに使うやつがあるらしいけれど、もっと、田北さんを思い出せるようなものがいいんだって」

「おっと、注文のハードルが上がったぞぅ」

四寿雄の言う通り、故人も亀田夫妻もよく知らない七重たちには、選別は難しい。

「職場で趣味の話をしていたかどうかはわからないけれど、こういうのは？」

七重はガシャポンの景品を示した。ゼンマイで走る機関車のシリーズが一揃いある。特別なお気に入りだったようで、ほかの景品と一緒くたにせず、テレビ台に飾ってあった。

小さいので、かさばらない利点もある。

「んー？　これはなんだ？」

がさごそと荷物をかきわけていた四寿雄が、開けっ放しの押し入れから新聞紙の包みを引っ張りだした。

大きさは二十センチほどで、いびつな形をしている。丁寧にビニールの紐までかけられていた。

四寿雄が鋏《はさみ》を使って紐を切り、包みを開ける。

出てきたのは、猫の形をしたおもちゃだった。

「これ、動くやつだよね？」

プラスチックの胴体に毛皮を張ったタイプなので、七重はそう訊いた。似たようなタイプの、お腹のスイッチを入れると、尻尾を振って歩きながら鳴く犬のおもちゃを持っていた覚えがある。

おもちゃのスイッチを探していた四寿雄が、両手で胴を摑んで力を加えた。

かすかに軋《きし》む音がして、毛皮の中でプラスチックの一部が動く。

「胴体にひびが入っているみたいだなぁ」と応じた四寿雄が、探し当てたスイッチを押した。「うーん、壊れてるのか」

「電池も切れてるんじゃね？」と六郎が指摘した。

たしかに、ずっとしまわれていたようである。

「十八年前かぁ」

四寿雄が新聞紙の日付を読んでから、部屋の中を見回す。

「ドライバー？」と訊いてしまってから、七重は自分がいやになった。これではまるで「お母さん」ではないか。

「日付は、ここに越してきた前後かなぁ」と言った島ぶんさんが、ジーンズのベルト通しにひっかけていた鍵束をはずした。「シズオーマン、これ使う？」

ひところ流行《はや》った、爪ヤスリから鋏までついている折り畳み式のアーミーナイフを受け取ると、四寿雄はプラスドライバーを使って、電池カバーをはずした。

「単四電池だなぁ」

「ここから探すより、買った方が早いよシズオちゃん」

四寿雄の視線がふたたび室内をさまよったので、七重はそう言った。

「んじゃ、これは持ち帰り、と」

勝手に決めた四寿雄は、おもちゃを七重に押しつけてくる。

「もう、自分で持っててよ」

文句を言いながらも、七重は買い物の時に使うエコバッグを広げてその中にしまった。ほかのものと混ざらないよう脇によけて置きながら、ため息をつきたくなる。

やっぱり行動が「お母さん」だ。

「んー？　どうしたんだ、ナナ？」

気づいた四寿雄に訊かれたが、所帯じみた行動に悩んでいるなんて、とても言えない。

「なんでもない」と答えて、あとは黙々と部屋を片付けた。ゴミを分別し、賞味期限がとうに過ぎた缶詰やレトルトの中身を捨てて、容器をすすぐ。

その日の終わりには、だいたいの片付けが終わった。食べかけや飲み残しのゴミがほとんどなかったため、楽な仕事だった。

「島ぶん、ビールが飲みたいぞう。ビールビール」

友人にたかっている四寿雄を置いて、七重は六郎とアパートを後にした。七重は晩ご飯の支度があるし、六郎は「回復したスタミナ」を使って、ゲームのボスを倒したいらしい。

「六郎くん、車にひかれても知らないからね」

帰宅まで待てず、歩きながらスマホでゲームを開始した六郎を置いて、さっさと帰る。橋を渡って藤川家に面した幹線道路へ出たところで、九重と美晴に会った。

「あ、お帰り」

笑顔を向けたが、返って来たのはどこかぎこちない会釈だった。九重は困惑顔で、美晴は思い詰めているのを隠そうとしているように見える。

買い物に出かけたはずなのに、手ぶらだった。欲しいものがなかったのか、購入品でもめたのか、どちらだろうと考える。

言葉少なな二人に、当たり障りないことを話しかけながら場をつないで藤川家に辿り着くと、美晴は一礼して二階に上がってしまった。

「ケンカしたの?」

七重が問うと、九重はもともと寄せていた眉根をさらに寄せて、首をひねる。

「そうじゃなくてさ。っていうか、俺もよくわかんないんだ。途中からだんだん機嫌が悪くなって」

「買い物をしてて?」

「うん。赤ん坊のもの、揃えようと思ってとりあえず見に行ったんだけどさ。店を回っているうちにテンションが下がって、『買いたくない』って始まって」

「心当たりないの?」

「ぜんぜんない。体調は大丈夫かって話と、赤ん坊の性別がまだ確定じゃないから、どっちにでも使える色にしておこうってことと、昼飯なに食いたい? とか、そんなことくらいしか話してないし」

「赤ちゃんの元気がないとか?」

「よく腹を蹴ってるっていうから、元気なんだと思うけど——」

「そうしたら、美晴ちゃんマタニティブルーなのかなぁ? 赤ちゃん産むのって、想像でも怖いし」

「怖いっていうなら、俺だってあと二月で父親とか、パニックになりそうなくらい怖いよ。学校は行かなくちゃだし、受験はしなくちゃだし、さらに赤ん坊の世話とか、正直叫びたい」

美晴の不安も、九重の不安も、どちらも大きいはずだ。

「そうだよね。だけど、美晴ちゃんにそんなこと言っちゃ駄目だよ」

「言わないけどさ、美晴にそれとなく訊いてみてもらえない？」

「ベビー用品を揃えたくない理由を？」

「っていうか、最近イライラしてる理由も」

九重も、美晴の変化に気づいていたようだ。

「やってみるけど、上手く聞き出せる保証はないよ？」と七重は念を押した。「話術に長《た》けてない自信があるから」

「それでも、俺が訊くよりマシな気がするから大丈夫」

なにが大丈夫なのかよくわからなかったが、とにかく請け負うことは決めた。

「そういや、ナナはどこに行ってたの？」

九重に訊かれて「アイガン荘」と応じると、その表情が曇った。

「あ、向井さんがらみじゃないよ。もうとっくに、家賃踏み倒して引っ越しちゃったんだって」

島ぶんさんから聞いた話を、簡単に伝える。

「今日行ったのは、シズオちゃんが島ぶんさんにお掃除を頼まれたからなの。身寄りのない入居者さんが亡くなったの。亀田ベーカリーで、クリームパンを担当していた人なんだって」

「あのチョコパン？」と九重が目を瞠って、哀しげに首を振った。「そうなんだ。あのパン、好きだったんだけどな」

亡母と買いに行った子どもの頃を思い出したようだ。九重の目の縁が、わずかに潤んだ気がした。

引違戸が開いて、六郎が入ってきた。涙を見られまいとするように、九重が顔を背けて二階へ逃げる。

「じゃ、さっきの件よろしく」

「ああ、うん」

背中を見送りながら応じた声に被せるように、六郎が叫んだ。

「おっしゃ！」

満面の笑みで拳を握った六郎は、ぎょっとしている七重に言った。

「大ボス撃破、ざまあみさらせ！」

2

すでに夕食の支度を始めていた十遠と合流し、七重がキッチンで働いていると四寿雄が帰ってきた。

なんと、島ぶんさんを連れている。

夕食時に、予告なしに人を連れて来るなってあれほど、と腹を立てたが、来てしまったものはおもてなしをするしかない。

急遽、おかずを一人分追加した。トンテキ用のロース肉を、慌てて解凍する。

四寿雄と島ぶんさんは、ダイニングルームで猫のおもちゃをいじり始めた。

帰りがけに買ってきたらしい乾電池を入れて、スイッチを押す。

胴体にひびが入っていたおもちゃだが、壊れていなかったようだ。猫が尻尾を揺らして小首を傾げると「にゃーん」と鳴いてみせる。

「おっ、動いたぞぅ」

四寿雄の声に猫が反応した。首を振りながらにゃあにゃあと応じる。

「で？」と出し抜けに六郎が訊いた。何だろうと目を丸くしていると、スマホの画面に指を滑らせながら続ける。「動かして、どうすんのそれ？」

じつは、七重もちょっとそう思っていた。動くのかを確かめてみたい気持ちはわかるが、持ち主は亡くなっている。

「リサイクルショップだって、引き取ってくれないでしょ」

六郎の言うように、古すぎて買い手などつかなそうである。

「いやぁ、べつにどうしたいわけでもなかったんだよ」と四寿雄が頭を掻いた。やはり単に動かしてみただけなのだ。

「そうだなぁ。これを、田北さんの形見として渡すのは？」

ひらめいたように四寿雄に、七重は異を唱える。

「厳重にしまわれていたものって、いわくがありそうじゃない？」

島ぶんさんが手なぐさみに、猫の耳の後ろを掻いていた。すると、猫が気持ちよさそうにのどを鳴らす。

「思っていたよりも、高級なおもちゃだなぁ」と驚いた四寿雄に、「センサーがついてるんだろうね」と島ぶんさんが返す。

さらにいじってみると、手やものを叩く音にも反応することがわかった。

自室へとって返した四寿雄がカラーボールを手にして戻り、投げてやると、曲がりなりにもじゃれるようなしぐさをする。

コミュニケーションが取れるおもちゃ、いわゆるペットロボットの一種のようだ。

ほかにどんな動作をするのかと、大人二人が、あれこれ猫をかまう。

「楽しそうですね」と十遠は呆れ顔だ。

食事が完成する頃、遊びに行っていた八重が帰ってきた。猫のおもちゃに目を留め、質問する。亡くなった持ち主が亀田ベーカリーの店員だと知ると、驚いた声を出した。

「うそ、あのジャムパン？」

クリームパンだってば、と七重は小さくつっこみを入れた。九重がこの場にいたら、彼は彼で「チョコパンだって」と言ったことだろう。

この場にいない九重と美晴に食事が出来たと知らせていると、四寿雄と島ぶんさんは一足先に、トンテキをつまみにビールを飲み始めた。

独り暮らしの島ぶんさんは、久々の手料理だ、とトンテキを幸せそうに噛みしめる。

「美味いなぁ」と言ってもらえると、お世辞でも悪い気はしない。

「だけどさ、いくら疎遠でも葬式も他人にさせるなんて、弟ひどくね？」

田北さんの身の上を聞いた八重が言った。

ぴたりと、美晴の箸が止まる。

「どうなんだろうなぁ」と島ぶんさん。「いくら弟とは言え、もう別の家庭を持っているわけだし。その家族のことは、その家族にしかわからないから」

「それはそうだけど」

一方的に非難するものじゃない、と言われたように感じた八重が口ごもると、島ぶんさんが取りなすように言った。

「どうも、過去にわだかまりがあるらしいんだ。亀田のじいちゃんが弟さんと連絡を取ったんだけれど、うちはもう関わりたくないってニュアンスだったたっていうから」

「絶縁かぁ」と九重がつぶやく。

「美晴さん？」

十遠に声をかけられ、美晴が我に返った。あ、ううん。なんでもない、と無理矢理笑顔を作って、箸を動かし始める。

自分の家族とのことを意識したのだろうか、と七重は思った。美晴の現在の状況は、まさに「絶縁」だった。高校を退学して以来、真名辺家からの接触はない。

美晴がピリピリしている理由って、それだろうか。出産が近づくにつれ、家族と仲違いしたままであることが気にかかっているのだとしても、不思議はない。

「今日、整理してもらったものあるじゃない」と島ぶんさんが二缶目のビールに手を伸ばしながら言った。「あの中で売れそうなもの、自由に売ってよ。もちろん、売り上げはシズオーマンたちの取り分っていうことで」

「うそ、マジ？」

俄然《がぜん》鼻息が荒くなったのは六郎だ。ネットオークションで、高値で売りつけるつもりなのだろう。

「まさかその売り上げが、うちへの支払い代わりじゃないですよね」

七重が冷静に確かめると、島ぶんさんが苦笑した。

「まさか。ボーナスってことで。日給は一人三千円だよ」

「安《や》っす」と八重が心の声をだだ漏れにする。が、島ぶんさんと四寿雄のつきあいでは、こんなものだ。

「とりあえず、ガシャポンはコンプリートしてるやつ多いから、全部オクな」

六郎は早くも、処分の算段を始めたようだ。

「お願いね、六郎くん」と七重は一抜けした。出品物の管理など、面倒くさいことが嫌いな四寿雄も倣う。

「じゃあ、ロクの好きにして、売り上げは小遣いにしていいぞぅ」

「えっ」

遅まきながら貧乏くじを引かされたと、六郎が気づいた。口をぱくぱくさせたが、みなに知らん顔をされて、むくれてテレビのチャンネルを変えた。

ニュース番組が、アニメに変えられる。

「ちょっと六郎くん」

七重が抗議したとき、ふいに幼い女の子の声が響いた。

「あーそーぼ」

すぐ側から聞こえた声に、七重たちはぎゃっと叫んだ。

「なに、いまの声」「ふざけたの誰だよ？」「どこから聞こえたの？」

揃ってあちこち見回したが、テレビの中からではないようだ。ダイニングルームの窓は通りには面していないし、もちろん聞き覚えのある声でもない。

きょうだいの視線が、サイドボードの上に置かれた猫ロボットに注がれた。

位置としては、その辺りから聞こえたような気がする。

いやな予感がした。

「憑《つ》いてるとかいうの、ナシだからなシズオ」

六郎が怒った顔で言った。意外だが、幽霊関係が苦手なのだ。

「憑いてるって、亡くなったのは男性じゃん」と九重。

「わかんねぇけど。ロボットがいわくつきだったからしまっておいた可能性だってあるだろ？」

まあ、絶対にないとは言えない。

「単純に、リモコンに反応したんじゃないの？」

ロボットをいじってみた島ぶんさんが言った。

「テレビのリモコン？」と八重が怪訝そうにする。「それにしてはタイミングが変だった気がするんだけど」

試しにいくつかチャンネルを変えてみたが、ロボットは動かない。

「ほら」

八重がチャンネルを戻してリモコンを置いた。

気のせいだろう。そう結論づけようとしたところに、ロボットがささやく。

「もういーかーい」

凍りついたダイニングルームに、クスクス笑いを含んだ声が繰り返す。

「もういーかーい」

かくれんぼうをしている時の抑揚だ。

「これ、返事したらまずいですよね」

「だめっ、だめだよテンちゃん！」

冗談ではすまないかもしれないと、七重は慌てて止めた。十遠の方は本気ではなかったようで、「答えませんよ」と平然としている。

「なんでもいいけど。シズオこれ、処分の前にお祓《はら》いだからな」

九重が念を押した。軽んじて禍《わざわい》が降りかかるのはごめんだと思っているのだ。

「お祓いよりも、あれだと思うぞぅ」

そう応じた四寿雄が、ロボットに向かって両手を合わせる。

「田北――ええと」

「田北利一《りいち》さん」と島ぶんさんが補うと、四寿雄は目を剝いているきょうだいをよそに続けた。

「田北利一さん。あなたのご遺言、承ります」

☆

「あれがどうしたら遺言になるのか、ホントぜんぜんわかんない」

二日後。田北さんの部屋を片付け終えた勢いで承子さんのマンションに遊びに行った七重は、新しい仕事のことを話して口をとがらせた。

「まあ、本気で遺言と思っているより、不思議なロボットに興味があるんじゃない？」

承子さんは、いつも通り朗らかに笑う。

「そうだとは思うけど。手伝わされるのはあたしたちなんだよね――」

「それが楽しいのよ。幽霊屋敷に探検に行く小学生みたいねぇ」

実母のコメントは、的確かつ辛辣だ。

承子さんと七重は、一個数百円もするプリンを食べていた。ガラスの容器がそのままコップとして使えるそれは、七重にとって滅多に買えない高級品だ。

ゆうべ、お客さんが差し入れてくれたものなのだそうだ。

店の女の子全員に行き渡る数がなかったのでそのまま持ち帰ってきた翌日、七重が遊びに来た。それで、お流れをちょうだいする運びになったのである。

卵の滋味をしみじみ堪能していると、承子さんが訊いた。

「じゃあ、今回はそのロボットの『声』の主を探すのね？」

「そうだと思う。もういいかいって繰り返すのは、誰かが『もういいよ』って言ってくれるのを待っている状態にあるんだろう。っていうのが、シズオちゃんの仮説だから」

「こじつけるわねぇ」と面白がりながら承子さん。「そうは言っても、持ち主は亡くなっているわけだし、どうやって見つけるつもりかしら」

「やっぱり、田北さんの周辺を聞き込むんだと思う。遺品の中で、あのロボットだけが厳重に包まれていたんだよね」

ほかの生活用品は、田北さんが使いやすいよう配慮され、しまわれていた。

島ぶんさんの話では、時々支援団体の人や亀田ベーカリーの奥さんが見に来ていたという。

「あと、六郎くんがあのロボットにどういう機能がついているかを調べるって」

ロボットの首元には赤外線の受信部らしきものがついていたため、あの女の子の声も、ロボットのお喋り機能の可能性はある。

「もしお喋り機能がついていたら、テレビのリモコンに反応したということ？」

「そうみたい。反応が遅いのが、腑に落ちないんだけどね」

ため息をついたつもりはなかったが、知らず、ついていたようだ。

「どうしたの、ナナちゃん？」

「あ――、ううん。正直に言うと、今回はあんまり乗り気になれなくって」

「声の主探し？」

七重はうなずいた。

「もう亡くなったんだし。田北さんが望んだわけじゃないから、そっとしておいてあげてもいいように思うんだ」

十八年前に封じられたおもちゃ。そこも、なんだか引っかかる。

承子さんが不思議そうに七重を見る。が、否定はしなかった。

「それもひとつの意見よね」

理由を訊きだそうとしない承子さんにほっとした。うまく説明出来る自信がない。

「だけど、いやになっちゃった」と七重は話題を逸《そ》らした。「六郎くんがね、おもちゃの怖い話みたいなのをたくさんネットで拾って来るの」

無人の部屋でふと踊り出す、感応センサーつきのサル。夜中の玄関で、ボタンを押していないのに「遊ぼうよぅ」と喋り出す、キャラクターつきの三輪車。

「夜中に突然、ぬいぐるみの首がぽろっと取れたのを見たことならあるわよ」

承子さんが披露した「恐怖体験」に、七重は大げさな悲鳴を上げた。

「やめてよ承子さん。眠れなくなっちゃう」

笑い合ったあとで、話を逸らしついでだと七重は訊いてみた。

「全然関係ない話になるけれど、出産を控えた妊婦さんって、どういうことで不安になるもの？」

「美晴ちゃん？」と承子さんはすぐに察した。

「うん。なんだか最近ピリピリしていて、この間もクーとベビー用品を買いに行ったはずが、買いたくないって戻って来ちゃったの」

「どういうことで不安になるか、ねえ」と承子さんが眉根を寄せる。「きっかけは人それぞれだけれど、つきつめれば未知への不安だと思うわよ。無事に産んであげられるか、痛みに耐えられるか。赤ちゃんは元気で健康か。きちんと育てられるか。幸せにしてあげられるか」

「おうちのことも、関係ある？　絶縁みたいになっちゃってるでしょう？」

「あると思うわ。だって、生まれてくる子を家族が祝福してくれないって、悲しいじゃない？」

「悲しいけれど――」と言葉尻を濁した七重に、承子さんが言った。

「ええ。出産前の和解は無理だと思うわ、残念だけど」

言葉にされるとショックで、目を瞠った七重に、承子さんが言葉を探す。

「もしかしたら、生まれた子を見て考えが変わるかもしれない。でも、いまは、美晴ちゃんのことを、あちらは『恥さらし』だとしか思っていないから」

「周りが働きかけてみても、駄目かな?」

「わたしたちじゃ無理よ。『原因を作った側の、問題アリの家』だもの」

見下しこそすれ、意見を拝聴する対象ではないという。

「ドラマみたいに、うまくはいかないか」

「いくといいんだけれど、お互い、意思を持っている者同士だもの。相手を自分の思い通りに動かすのは難しいわよ」

「人は変えられない?」

いつか承子さんが言っていた言葉を口にすると、うなずかれた。

「変われるとしたら美晴ちゃん自身だけれど、これぱっかりはね。家族に認められたいっていう思いは、なかなか消えないものだから」

そうなのだろう。それは、六郎を見ていても感じる。

「実体験を交えて言うと、本当は家族との修復は諦めて、前を向いた方がいいの。手に入らないものにすがるよりも、欲しかったものを作り出す方が幸せになれるから。その上で振り返れば、また違った目で『育ってきた場所』を見られるようになるわ」

承子さんは、男子だという理由で弟ばかりを優遇してきた実家と疎遠にしている。

「あたしたちに出来ることって、あるかな」と七重が問うと、「ぶっちゃけ、ないんじゃない？」と即答された。

「あたしたちは美晴ちゃんと生まれてくる赤ちゃんを大切に思っている、楽しみにしているって伝えるのも駄目かな？」

なおも食い下がると、承子さんは口をつぐみ、ややあってから続けた。

「これ、フライングになっちゃうけど。ダダはウキウキで準備してるわよ」

「ダダが？　っていうか、なにを？」

「詩。あなたたちが生まれた時と同じように」

誕生の喜びを綴った、詩人の父からのプレゼントだ。

「少なくともお祖父ちゃんの一人は大喜びなわけだけど。慰めになるかしら」

「なるといいな」

驚きと嬉しさの入り交じった気持ちになった反面、無邪気な父に苦笑が湧く。

「ダダだけ喜んでいるのって、なんにも考えてないからだよね」

「そりゃそうよ。でも、こういう場合こそそのお気楽要員だと思わないと」

いまごろ、三理は異国の空の下で盛大なくしゃみをしていることだろう。

3

数時間楽しくお喋りをし、夕食の支度があるからと承子さん宅を辞した七重が藤川家に戻ってくると、ダイニングルームで八重と九重、そして十遠がパンを食べていた。

懐かしい「亀田ベーカリー」のロゴの入った袋に目を留めると、八重が手ぶりつきで言った。

「クリームパンも入ってるよ」

「わざわざ買いに行ったの？」

この家からだと、徒歩で三十分近くかかる。

「ちょっと懐かしくなったのと、情報収集がてらね」と九重。

「三人で？」と訊くと、そうだという。

「店のおばちゃん、俺たちのこと『あの三つ子ちゃん？』って覚えてたよ」

八重の言葉を聞いて、目を瞠る。

「そうなの？　もう何年も行ってないのに」

あの店の近所に住んでいたのは、小学六年生までだ。

「母さんのことを訊かれてさ。お悔やみを言われた」

「お姉さんのことも訊いてましたよ」

十遠に言われて、七重はぎこちなくなるまい、と意識した。

「なんて答えたの？」

「当時とぜんぜん変わってない、って言っといた」と八重。

どういう意味だろう。

深く追及するまい。七重は黙ってクリームパンを選び出した。

かぶりついて、おや、と思う。

「こんな味だったっけ？」

覚えている通りに素朴なのだけれど、なにかひとつ物足りない。

「それ、俺らも思った」と八重が言う。「子どもだったせいもあるだろうけど、もっと美味かったよな？」

「うん。クリームはそんなに変わらないけれど、パンの味が薄い？」

なんというか、噛みしめると「パンを食べた！」という喜びがあった。

「いまも話してたんだけどさ、作り手が田北さんじゃなくなっちゃったからなんだろうな、って」

そうなのかもしれない。

店の奥の作業場で、田北さんは粉だらけになりながら一心にパンをこねていた。

記憶の中のその姿と、「真面目で気持ちの優しい、何事にも一生懸命な人だった」という島ぶんさんの言葉とが重なる。

「手がかりの方は、どうだったの？」

「俺らが島ぶんさんの依頼でアパートの片付けをしてることを話して、おもちゃに心当たりがないかをそれとなく訊いたんだけど、知らないって」

九重の言葉に続けて、十遠が言う。

「なんでそんなことを訊くのかって、怒ってるみたいでした」

「よくわかんないけど、前例があるのかもな」

「前例って？」と七重は八重に訊き返した。

「上手く言えないけど、田北さんが誤解されるようなこと？　おばちゃん、子どもを庇う母親みたいになっていたし」

障害者だから。という言葉を八重は呑みこんだようだった。

「そうだね。田北さん、自分の気持ちを表現するのが苦手だったし」

七重は泣き出しそうな顔をしていた田北さんを思い出す。

「小学校の頃、からかってるヤツとかいたよな。わざと怒らせたりしてさ」と九重が眉根を寄せた。「いまになって、もの凄く腹が立つ。いじめのニュースなんかも。誰だって、自分の子どもを人にいじめさせるために育てたわけじゃないのに」

九重の表情に「父親」の顔を見た気がして、七重ははっとした。

パニックになりそうと言いながらも、九重は少しずつ前に進もうとしている。

ふいに弟が「兄」になってしまったように感じた。眩しくもあり、――苦くもある。

廊下を歩いてくる音が聞こえ、ロボットを小脇に抱えた六郎がダイニングに顔を出した。テーブルの上のパンの袋を目敏《めざと》く見つけて拗ねる。

「なんで俺を呼ばねぇわけ？」

「ちゃんとお兄ちゃんの分もあるよ」

三種類の中から十遠が選ばせると、六郎はチョコパンを取った。

「リモコンって見つかった？」

「ロボットのだよね？　なかったよ」と七重は答えた。

田北さんの部屋に、リモコンを使用する機械はテレビとエアコンの二つしかなかった。

遺品はすべて分別したが、それらしきものは見ていない。

「このロボットって、やっぱりリモコン操作の出来るタイプだったの？」

「まだ推測」

怪訝そうな顔をしたきょうだいに、チョコパンが口に入ったまま六郎は説明する。

「仕様をネットで調べてるんだけど、類似品しか出てこねぇんだよ。メーカー名も検索でヒットしねぇし、なんか、海外のパクリ品ぽくてさ」

ちょうど、人工知能を搭載した犬型のロボットが発売され、ペットロボットがブームになった時代だ。

　高性能のものからリーズナブルなものまで、あふれかえったペットロボットの中から、それでも六郎は、かなり形の似ている日本のメーカー製の商品を見つけ出していた。そちらにはリモコンが付属していて、ボタンを押すと十数種の言葉を喋るらしい。

　七重たちは六郎のスマホでその動画を見た。首輪につけるアクセサリーメダルを模した丸いリモコンを押すと、登録されている音声がランダムに再生される。

「見た目はほんとに似てるけど、リモコンにすぐ反応してるし、声は大人だよね」

　七重は首を傾げた。メーカー品の声は、声優さんが「作った」子どもの声だが、田北さんのロボットのそれは、本当に幼い女の子のもののように聞こえたのだ。

「てゆうか、俺、これをやりに来たんだって」

　パンを呑みこんだ六郎が、テレビのリモコンを手にした。ロボットに向けてかまえ、次々とボタンを押してみる。

　ロボットは沈黙を貫いた。

「マジ？　リモコンじゃないってか？」

　苛立ちを見せた六郎に、七重はなだめるように訊いた。

「付属品じゃないから、うまくつかない可能性は？」

「ないんじゃないの」と九重。「一度反応したってことは、ロボットとチャンネルが同じコードを使ってるってことだからさ」

「どういうこと？」

「同じコードを使ってるなら、どのリモコンでも起動するってこと。リモコンでもスマホのアプリでも、テレビつけられるだろ？　リモコンが違っても、問題なく使える証明じゃん」

八重に補足で説明されて、七重はようやく理解する。

「ってことは、あの声はやっぱりオカルト方面――？」

「まだ、受信部の劣化って可能性はあるけれどね」

そう言いながらも、九重の気持ちは超常現象案に一票、に傾いているようだ。

「声の女の子、田北さんと関わりのあった子ですか？」と十遠が訊いた。

「どうなんだろうね。普段の生活では周りにいなかったと思うんだけど」

七重は応じた。アイガン荘は独居の老人がほとんどだ。時々家族の入居もあるそうだが、長くて一年ほどで転居してゆくらしい。

「入居者関係は、シズオが島ぶんさんから聞いて来るんじゃん？」と八重が言い、ふと思い出したように訊いた。「そういやシズオは？」

「昼間、あたしと一緒に掃除の仕上げをした後で別れたっきり」

掃除用具を長兄に押しつけた七重は、承子さんのところへ遊びに行ってしまった。

「シズオちゃん、夕飯いるの——と」

七重はメールを打った。

もうすぐ家、と返信があったと思ったら、玄関が開いた。四寿雄の声が聞こえる。

「ただいまぁ」

「おかえりー」と声だけ張り上げると、四寿雄がダイニングにやって来た。

六郎と同じようにパン屋の袋に目を留めたが、なんだか悲しそうな顔をする。

「どうしたの？」

「島ぶんのところにいたんだけど、電話でお叱りを受けたんだ。亀田さん夫妻に」

パンを買いに行って、まだそれほど経っていない。七重は驚き、ベーカリーに顔を出した八重たちがしまったという顔をする。

「うそ、怒らせた？」「そんな失礼な訊き方はしなかったつもりだけど——」

「もちろん、わかってるさ。だけど亀田さんは田北さんをそっとしておいて欲しいみたいなんだ」

「さっきも話してたんだけど、トラブルになったことがあったの？」と九重が問う。

「田北さんは誤解でたくさん傷ついてきた人なんだ、って話してたよ。世間には『障害者』っていうだけで偏見を持つ人たちがいて、そういう人のところに話を聞きに行けば、ひどい話がまた蒸し返される。それを嫌っているんだ」

「島ぶんさんもその場にいたんでしょ、なんだって？」と八重が訊く。

「島ぶんは、田北さんが噂を立てられたことがあるって知っていたみたいなんだ。気にしたことがなくて、そこまで考えが回らなかったって言ってた」と四寿雄が目をしょぼつかせた。「兄ちゃんも、考えなしに動いて申し訳なかったなぁって反省したよ。貶めるつもりでロボットのことを調べようと思ったわけじゃなかったけど、側で苦労を見てきた人には、無神経に見えただろうなぁってね」

「じゃあ、今回はもうやめておく？」

七重は心のどこかでほっとしながら訊いていた。

「そうしようと思うよ」と四寿雄。「ロボットは、亀田さんが形見にしたいそうだ」

「なんだか、本当に欲しくて言っているんじゃないみたいですね」

十遠の言葉に、四寿雄は困ったような顔をしたが、うなずいた。

「話していて、もしかしたらロボットを包んでしまったのは、亀田さんなんじゃないかなって気がしたよ」

「あれって、封印みたいなものだったのかな。思い出したくない嫌なこととかの」

七重は訊いた。ロボットには厳重に、細いビニールの紐が何カ所にもかけられていた。

「拾いぐせがあったんだろ？　子どものおもちゃを取った犯人、とか騒がれたんじゃね？」

　肩をすくめて応じた六郎に、九重が反論する。

「だったら、原因になったおもちゃをいつまでも取っとくかなぁ？」

「捨てるに忍びない理由があったとか――っていうか、詮索はやめるんだったよな」

　そう言った八重のスマホに着信があった。ポップアップで表示された文字をちらりと見て、表情がこわばる。

「どうしたの？」

　訊ねると、八重は黙ってSNSを表示した画面を突き出す。

　食べる前に「懐かしい味」と載せたジャムパンの写真に、コメントがついている。

『マジ？　ロリ男のパンかよｗｗｗｗ』

　田北さんのことだと理解して、コメントの悪意に胃が冷えた。

「これ、相手誰？」と九重が問うと、小学校時代の同級生だという。

「こいつもうブロックする」

　八重がスマホを操作したあと、画面を消してテーブルの上に放り出した。

「つか、あの部屋って、ピンクの縄跳びとか、ガキが使うリボンつきのゴムとか転がってたけどな」とつぶやいた六郎は、八重や九重の険しい視線に気づいて言った。

「孫もいない六十近い独り暮らしのジイさんの家にガキのものがあって、しかも拾って来たらしいのがわかったら、普通にドン引きだろ」

「そうだけどさ」

納得出来ない様子の九重に、六郎が言い募る。

「障害があったらなにをしても見逃されるっていうのは違うだろ」

「障害があるからって、なにをしても色眼鏡で見るっていうのも違うじゃん」

「は？　だから、色眼鏡で見る理由があるって言ってるっての」と六郎が目を吊り上げた。「おまえさ。それ、おまえに娘が生まれても言えんの？　おまえの娘の持ち物が、知らないオッサンに拾われていたとして」

九重が青くなる。

「おまえの姉貴だったら、どうよ？　ナナがつきまとわれても、仕方ないってか？」

びくっと、七重は身を震わせてしまった。表情の変化に気づいて、八重が問い詰める。

「ナナ？」

即答出来ず、八重の表情が真剣味を帯びた。九重まで、圧力をかけるような目をする。

「昔のことだから」と逃げようとしたが、弟たちがそれをさせない。

仕方なく、七重は口を割った。

「子どものころ、田北さんに腕を摑まれたことがあるの」

小学生になったかならないかの年齢で、たまたま、七重だけが亡母に連れられて亀田ベーカリーに行った時のことである。

「なにがきっかけだったのかはわからなくて。お会計をしていたら、いきなり奥から出てきて腕をつかまれて」

田北さんは大柄だったから、子どもの七重はよろけて腕の中に飛び込む形になってしまった。

「もちろんすぐにおばさんが助けてくれて、謝ってもらったし、怪我もしなかった。障害のある人なんだっていうのはわかったし、きっとお話ししたかったのね、ってお母さんが言って、あたしもそうなんだと思おうとしたけど」

「なんでいままで黙ってたの、それ」と九重が険しい声を出した。

「つか、なんで気づかなかったわけ？」

六郎に問われて、弟たちが顔を見合わせる。

「そういや、いつも俺たちだけがお使いを言いつけられてたよな」

「お母さんがさりげなくそう仕向けてたんだよ」と七重は言った。「あたしも顔を合わせたくなかったから、そのままにしてた」

「はっきり、行きたくないって言えばよかったじゃん」

呆れられたが、当時の七重には出来なかった。

理由を、四寿雄が言い当てる。

「怖いって、言っちゃいけないって思ってたんだろう？」

いたわるような声に、不覚にも七重は涙ぐんでしまった。

あのおじさんを嫌だと言ったら叱られるのではないか。子どもながらにそう感じて、気持ちをずっと呑みこんできたのだ。

「いまになったらわかるよ。田北さんに悪気はなかったし、お母さんが言ってたように、なにか伝えたいことがあったんだって」

もうちゃん。聞き取りにくかったが、田北さんは七重にそう呼びかけた。必死だった。けれど、必死だからこそ、余計に怖かったのだと思う。

「隠さなければよかったんだろうなぁ」

四寿雄の言葉の意味が摑めずに、七重は顔を上げた。

「シズオちゃん？」

「隠すっていうのは違うかもしれないけど、その場で問いただすなりして、田北さんの希望がわかって納得出来ていたら、ってさ」

シミュレートしてみた七重は、うなずいた。

「うん。ちゃんと理由がわかっていたら、こんなに引きずらなかったかもしれない」

たとえ子どもでも、世の中には意思を上手に伝えられない人がいること、だから急な行動をしてしまう時もあることは理解できる。

理解できれば、恐怖も昇華されたはずだ。

「訊いてみようか、いまからでも」

四寿雄の提案に、七重は目を丸くした。

「だって、もう十二年くらい前のことだよシズオちゃん」

「忘れてはいないんじゃないでしょうか」と十遠が言った。「おばさんは、わざわざお姉さんのことを訊いたんですから。ずっと気にしていたはずです」

「変な噂をまき散らさないように、かもしれねぇけどな」

腹の虫がおさまらない様子の六郎が、毒を吐く。

「訊いてもいいのかなぁ」七重は迷った。「おばさんにとっては、今さら蒸し返すのも不愉快なんじゃないかって思うんだ」

田北さんの名誉を守ろうとしている人だ。責めるつもりはなくても、そう聞こえるかもしれない。

「じゃあ、やめんの?」と六郎が片眉を上げた。

「正直、これ以上気分を害させたくないって思う。だってもう昔のことだし、いまはちゃんと理解できているわけだから」

「んじゃ、訊かなくてもいいんじゃね?」

突き放すように応じたのはきっと、七重の中にある訊ねたい気持ちを察したからだ。

「はー。やってらんねえ」

気持ちの定まらない七重に呆れたのか、独りごとめいて言った六郎がテレビをつけた。

賑やかなアニメの台詞をかいくぐるように、またあの女の子の声が聞こえる。

「もーいーよ、って言って？」

無邪気さとタイミングにぞくっとしたが、わかったことがある。

「録音だよな、これ」と八重がロボットを手に取った。

さすがに三度目だ。生の声との違いには気づく。

反応のあるなしは、受信側の問題だと考えるのがよさそうだ。

「納得出来ないのは、リモコンを押してから声が再生されるまでの間なんだけれどね」

九重の組み立てた仮説は、どれもいまひとつ弱いようだ。

「兄ちゃんは決めたぞぅ。――亀田さんに訊いてみる」

拳を握って見せた四寿雄に、きょうだいは「あっそう」「わかった」とそっけない対応をした。

ふざけた調子の「決めたぞぅ」が出た時点で、次になにを言い出すのかの予想はついていたからだ。

「もしかして、反対した方がよかったですか？」

だめ押しのように十遠に訊かれて、拗ねたように口を尖らせていた四寿雄は、用意してあったらしい台詞を棒読みで口にした。

「なんとなくだけどさ。ロボットをしまった理由と田北さんの行動は、つながってるように思うんだ」

☆

四寿雄は亀田さん夫妻に連絡を入れた。

一応、名目上は形見のロボットを渡す日取りを決めるためである。

亀田さんはお店の定休日を指定し、引き取りにくることになった。

「こっち来て余計なことすんな、ってことだろ」と六郎が憎まれ口を叩く。

当日、亀田さんを迎えたのは四寿雄と七重だった。藤川家の中では比較的きれいな、リビングルームに夫妻を通す。

「あなたは、あの三つ子ちゃんの女の子ね」

コーヒーを出した七重に、亀田さんの奥さん——おばさんが訊いた。懐かしそうに目を細められ、七重は頭を下げる。

「ずいぶん大きくなったわねぇ。来月から高校三年生ですって?」

「はい」

「先に男の子たちを見てなかったら、わからなかったわねぇ。最後に見かけてから、何年ぶりかしら」

弟たちは引っ越した五年前まで店を訪れていたが、七重はあの一件以降遠ざかっていたのだ。

おばさんもそれを承知のはずだった。それでいて話題にしたのは、牽制《けんせい》の意味もあるのだろうか。

「田北さんのこと、聞きました。わたし、手ごねシリーズのクリームパンが大好きだったので」

残念だという気持ちを込めて、お悔やみを述べる。

「変わっちゃったでしょう、味」とおじさんに聞かれ、正直に答えた。

「はい。弟たちと驚きました」

「あの味は、熱心な職人が作ってこそ出せていたんですよ。トシくんが毎日、精魂込めて作っていたからねぇ」

田北さんの名は「利一《りいち》」だ。「トシくん」は親しみを込めた呼び換えなのだろう。

「本当にそうだと思います」

七重の答えに、夫妻が笑顔でうなずく。

けれど二人の眼差しは一瞬、疑うような色を帯びた。まるで、これまでに多くの「うわべだけの言葉」に接してきたかのように。

「こちらがロボットです」

四寿雄が紙袋に入れたおもちゃを持ってきた。確認のために出してみせると、おばさんが、口をきゅっと結んだ。

いまいましい。そんな表情に見えた。

「いまでも動くんですよ、これ」

四寿雄は夫妻の表情を見て見ぬフリで、スイッチを入れた。センサーが反応するよう手を近づけ、甘えるしぐさをするところを披露する。

「リモコンは見つからなかったんですけれど、喋る機能もどうにか生きてます」

テレビのリモコンを手にした四寿雄が「入るかな？」と言いながら、ボタンを押した。

首元の受信部がかすかに赤く光った。

やや間が空いてから、女の子の声が響いた。

「リーチくん、やっほー！」

おばさんが、テーブルの上からロボットをひったくった。

力任せに、床に叩きつける。

「おまえ、なにも――」

おじさんが諫めたが、それをかき消すような声でおばさんは言った。

「トシくんを見棄てたくせに、こんなもの――！」

激しい怒りに、七重は動けなくなる。見棄てたくせに。

田北さんを？

「このロボットは、田北さんのご家族の持ち物だったんですか？」

四寿雄が訊くと、今度はおじさんが切り口上に応じた。

「あんたに、なんの関係があるんですか」

「いえ、ありませんが――」

「だったら、余計なことを訊くもんじゃない。これが誰のものだろうと、なんだろうと、あんたにはどうでもいいことだろう」

「すみません」と詫びた四寿雄は、言葉を継いだ。「ただ、もしかしてこのロボットと、うちの七重が腕を摑まれたことは関連があるんじゃないかと思ったもんですから」

先日の世迷い言を本当に口にされ、七重は慌てた。だが、その言葉に夫妻が身じろぎする。

「責めているわけじゃないんですよ、亀田さん。田北さんに悪気がなかったことは、七重も理解しています」

「なら、それでいいじゃないか」

「そうですよ。なにもいまさら蒸し返さなくても」

「僕は、七重には聞く権利があると思うんです。どんな事情にしろ、あの時怖い思いをしたのは確かなんですから」

亀田夫妻が気色《せ》ばむ。

「田北さんは、言いたいことがあったんじゃないかって思うんです」と急き込むように七重は言った。「わたしのことを『もうちゃん』って呼んだでしょう？　違いますか」

「――ミオちゃんよ」

しばしの沈黙の後、おばさんが苦い声を出した。諦め顔になって明かす。

「あなたは、トシくんを苦しめた子に似ているの」

4

その晩。全員の揃った夕食後の席で真相が明かされた。

「弟の娘――？」

目を丸くした九重に、七重はうなずいた。

「ミオちゃん。そのせいで田北さんが動揺したんだろうからって、あの後、あたしを連れて来ないでくれってお母さんに頼んだんだって言ってた」

「その姪《めい》が、田北さんに嫌がらせをしていたのか？」

帰宅して間もない五武が問う。

「いや、その子のせいで田北さんは濡れ衣を着せられたんだそうだ。それで住んでいた家を追いだされて、独り暮らしをすることになったらしい」と四寿雄が言った。

亀田のおばさんは、そのことを「見棄てた」と表現したのだ。

七重は、おばさんがまるで昨日のことのように悔しがっていたのを思い出す。

「ロボットの声のからくりもわかったと思う。あの声はミオちゃんのもので、録音なんだ」

「録音かよ――」と六郎が理解の声を上げた。「あの変な間は、録音ボタンを押してから喋り出すまでにかかった時間ってことか」

「濡れ衣ってなんだろうな」と八重。

「そこは言ってなかったよ。ただ、同居していた弟さん夫婦に出て行くよう言われたそうだから、田北さんがミオちゃんに危害を加えた――と勘違いされたんだろう」

当時、田北さんはまだ存命だった両親と、弟家族と一緒に暮らしていたそうだ。

「結局、ロボットを梱包したのは誰だったんだ？」

訊ねた五武に、四寿雄が応じた。

「亀田さんだよ。あのロボットのミオちゃんの声を聞くたびに田北さんが不安定になるから、電池が切れたのをきっかけにして、遠ざけたらしい」

捨てずにおいたのは、田北さんの気持ちをなだめるためでもあったようだ。

「引っ越してきたのもだいたい十八年前なんだよね？　だけど、ナナと店で顔を合わせたのって、その六年くらい後なんだけど」

時間が合わない、と九重が言う。

「別におかしくはないだろう。忘れかけた頃に似ている七重を見て、記憶のスイッチが入ったんだとすれば」

五武が応じ、七重ははたと思い当たる。

「田北さんの拾っていた、女の子の使うもの。あれも、ミオちゃんを思い出してだったのかもしれない」

「田北さん、なにを言いたかったんでしょうか」と美晴がそっと眉根を寄せた。

「わかんない。けど、恨み言じゃなかったと思う」

七重は記憶をたぐった。ミオちゃん。ミオちゃん。

腕を摑まれた時に七重がよろけなければ、続きが聞けたのだろうか。

「ロボットは、亀田さんが持って帰ったんですか？」と十遠が訊いた。

「いちおうね。形見を取りに来たわけだから」

夫妻は、ロボットを紙袋に突っ込んでいった。

形見は、故人を偲《しの》ぶ思い出の品のはずだ。けれどあの勢いでは、通りすがりにゴミ捨て場に置いていってしまったかもしれない。

「亀田さんにとっては、田北さんを脅かすものはすべて敵なんだよね」

今回、夫妻の姿に強く感じた。

「何十年も一緒に働いてきて、人柄も呑みこんでいるから『家族』みたいなものなんだよ。『家族』が傷つけられたら、そりゃあ守ろうとするさ」

四寿雄の言葉に、ふふっと乾いた笑い声が漏れた。美晴だった。

視線が集まる中、顔をゆがめてつぶやく。

「赤の他人のくせに」

美晴ちゃん?

「家族なんかじゃないのに。なんで味方になるのかわかんない」

「家族」は見棄てたのに、と七重には聞こえた。

実家を追いだされた田北さん。

一切の連絡を絶たれた美晴ちゃん。

放心したように一点を見つめた美晴の頬を涙が伝った。

「おい、美晴」

九重が、慌てて肩を揺さぶる。

しばらくされるがままになっていた美晴が、九重にしがみついて嗚咽《おえつ》を漏らす。

「もうやだよぅ」

長く吐いた息を震わせ、幾度も繰り返す。

美晴は頼りなかった。道に迷い、母親を探している子どもの姿がだぶる。

おそらくそうなのだろう。母親の祝福と許しを、心の奥ではずっと求めてきたのだ。

泣きじゃくる美晴を、九重が二階へ連れて上がった。

見送った四寿雄がぽつりと言った。

「何とかしてあげたいけどなぁ」

「承子さんが、現時点での和解は無理だろうって」

七重の言葉に、兄たちが同意のうなずきを見せる。

「いい加減、ママ離れしろよ」と六郎が馬鹿にした調子で肩をすくめた。

「ママが憎いぶん、ママに振り向いて欲しいんです」

淡々とした十遠の言葉に、六郎が頬を染めた。自身の図星を指されてばつが悪くなったのか、顔を背ける。

「血が繋がっているだけじゃ、家族にはなれないのに」

ため息をついた十遠は、二階を気にするそぶりをした。

「お姉さん、早くそこに気づけばいいのに」

☆

亀田夫妻にロボットが引き取られていってから、一週間が過ぎた。

もう四月はすぐそこだが、桜のつぼみはまだ硬い。数日前からようやく、日当たりのいい川岸の樹で、花が一つ二つほころび始めている。

七重は通りに出て、玄関にぶら下げられた表札を見つめて思案していた。

先程、だしぬけに四寿雄に相談されたのだ。「美晴ちゃんたちにも、表札塗ってもらいたいんだけどさ。どういう形がいいと思う」と。

この表札は、四寿雄がアルファベットを手貼りした初代に続く二枚目だ。きょうだい総出で色を塗り、製作したものである。

七重は、自分が担当した一枚に、懐かしさを覚えた。この縞柄は、亡き祖母が愛用していたエプロンの柄だ。

「やっぱり、これにつけ加えるなら星とかハートとかだよね？」

だがそれでは、いかにもあとからの付け足しのように感じてしまうだろうか。

四寿雄が表札をと言いだしたのは、美晴の気持ちの隙間を少しでも埋められないかと考えたからだろう。

「もしくは、いくつかを剝がして、美晴ちゃんに好きなように塗ってもらうか」

縞柄と自分の名前にちなんだ七色のもの以外であれば、担当した文字を譲ってもかまわない。

「あるいは、『の家』とでも足すか」

もともと「The Fujikawa Family」と妙ちきりんな表札なのだ。「Family's House」としたところで、ヘンテコ度はさほど変わらないだろう。

しかし、文字を足すとなると、スペースの都合上、アルファベットのサイズを小さくして、無理矢理詰めこむことになる。

「まあ、うちらしいと言えばそうだけど」

藤川家をひとことで表すなら「雑然としている」だろう。寄せ集めのきょうだいとその配偶者が、片付けきらない一軒家で暮らしているのだから。

一人ぶつぶつとつぶやいていると、背後から声がかかった。

「すみません。便利屋さんの藤川さんってこちらですか?」

「はい」と振り向くと、春らしい色のブルゾンをはおり、ぺたんこのブーツでベビーカーを押している女性が立っていた。

二十代半ばといった年齢だろうか。

ベビーカーとせり出したお腹から、七重は初め、美晴の妊婦友だちかと思った。が、女性は「便利屋の」と訊ねている。

「うちですけれど。ご依頼でしょうか？」

「いいえ。そうじゃなくって、お礼を申し上げたくて」

お礼？

まるで心当たりがなかったが、七重は女性を中に招いた。事務所でごそごそしている長兄を呼び出す。

「突然お邪魔して、申しわけありません。奥谷美生《おくたにみお》と申します」

ミオと名乗った女性に、七重は目を瞠った。

「田北さんの姪御さんですか？」

四寿雄が訊ねると、美生さんが深々と頭を下げた。

「このたびは、伯父のことでありがとうございました」

「ええと」と困惑した四寿雄が頭を掻く。「僕は、礼を言われるようなことはなにも」

「いいえ。猫のロボットを、伯父の勤め先の社長さんご夫妻が持ってきてくださいました」

亀田さんが？　近親者として連絡先を知っていたにせよ、意外だった。

「ここじゃなんですから、おあがりになりませんか」

「それほど長居はしませんし、子どもが寝ちゃってますので」

ベビーカーを覗きこむと、ピンクの毛布をかけられて、二歳くらいの女の子が眠っている。

「じゃあ、よかったらここにかけてください」

待合室の椅子を示すと、ベビーカーにロックをかけた美生さんはブーツを脱いだ。

お腹の大きさは、美晴と変わらない。

「温かい麦茶がありますけど、お持ちしましょうか？」

七重が問うと、美生さんはベビーカーのフックに下げられたバッグを示した。

「ありがとうございます。でも、そこに水筒が入ってますので大丈夫です」

「社長さんがロボットを持ってこられたということですが――」

四寿雄が口火を切った。それと自分へのお礼とが結びつかないのだ。

「あの猫、もともとわたしのものだったんです。それを、リーチく――伯父が気に入ったのでプレゼントして」

「録音されていた声は、あなたのものですよね」

「はい。録音は繰り返せたので、色々なメッセージを入れて遊んでました。小判の形をしたリモコンがついていたんですけれど」

「すみません。リモコンは部屋からは見つからなくて」

「いえ。紙袋に入ってましたよ？」

詫びた四寿雄に、美生さんがきょとんとして訂正した。

亀田さんが持っていたんだ、と七重は直感する。

たとえ田北さんがロボットの包みを開けても、操作出来ないようにしたのだろう。

「本当はロボット、社長さんに突き返されたという方が正しいんです」と美生さんは苦笑した。「突然実家にいらして。たまたま両親は不在で、わたしと子どもだけだったんですけれど。こんなもののせいで、最後まで伯父が不快な思いをしたと詰《なじ》られました」

「それなのに、どうして『持ってきてくださった』なんて言ったんですか？」

四寿雄が問うと、美生さんは寂しそうに目を伏せる。

「ずっと伯父のことを、わたしのせいで追いだされたことを気にしていました」

「僕は、家族間で誤解があったように感じたんですが」

美生さんが、涙をこらえるような顔でうなずく。

「伯父は無邪気でしたけど、大柄な大人の男性で、わたしは子ども――女の子でした。だけど決して、伯父にそんなつもりはなくて、わたしを手伝おうとしただけなんです」

言葉を濁したが、田北さんがどういう方向の誤解を受けたかは察せられた。

「両親が激怒して伯父と祖父母を責め、必死に取りなしたんですけれどどうにもなりませんでした。それからすぐ、伯父は家を出されて、亡くなるまでお世話になったアパートに暮らしていたんです」

ご友人のアパートなんですよねと確かめられ、四寿雄が肯定すると、美生さんが頭を下げる。

「伯父がお世話になったと、お礼を伝えていただけないでしょうか。本当は、直接伺うべきなんですけれど」

大きなお腹を抱えてベビーカーを押し、ここまで来るのだって大変だったはずだ。

「せめてひとこと、伯父に謝りたい。そう思っていました。だけど両親は頑として伯父の住所を言いませんでしたし、祖父母も亡くなり、そのうち、実家を売って引っ越したので」

子どもの足では遠い距離になり、探すこともままならなくなった。

「大好きだったんです、伯父のこと。でも同時に、怖いと思っていました。感情の制御が苦手でしたから、なにかのきっかけで手のつけられないほど暴れたので」

美生さんが暴力を振るわれたことはないが、ものを壊すところは幾度も見たそうだ。

「あのロボットの胴を壊したのも、伯父です。電池が切れて動かなくなったのが気に入らなくて、棒で叩いてしまって」

やるせない表情で、美生さんが続ける。

「両親――特に母親なら、いくら伯父でもそんな人、遠ざけたかったのでしょう。子どもを持って、初めて母の気持ちがわかりました」

「お母さんにとっては、伯父さんは義理の兄ですしね」

一緒に育ったわけでなく、同居して初めて知るようになった「他人」だ。

「父も父で馬鹿にされたり、いろいろつらい思いもしたそうです。そういう事情を無視して、両親を恨んでいた自分はどれだけ視野が狭かったんだろうって思います」

「みんな、それぞれの立場で、その時一番大切なものを守りたかっただけじゃないでしょうか」

四寿雄の言葉に、美生さんが涙を浮かべる。

「話がそれましたけれど。今回こういう巡り合わせで、家を出た後の伯父の生活を知ることが出来たお礼を言いたかったんです。伯父はすごく、社長さん夫妻に好かれていたんですね」

「とても仕事熱心で、ひとつの部署を任されていたようです。ご夫妻にはお子さんがいないので、子どもか弟のような気持ちだったんでしょう」

もしかすると田北さんを「トシくん」と呼んだのにも、名付け直しの意味があったのかもしれない。

「救われました。お礼は、はねのけられちゃいましたけれど」

なにを今さら、と夫妻はけんもほろろだったという。

「あのう。変なことを伺うようですけど、いいでしょうか？」

七重が断りを入れると、美生さんは怪訝な顔をしながらも応じるそぶりをした。
「あの頃の田北さんが、美生さんに言いたいことがあったとすれば、なんだと思います
か？　たとえば『もうちゃん』って呼んで、腕を摑んだら」
もうちゃん、と聞いた途端、美生さんが泣き出した。
「どうして知ってるんですか。リーチくんがわたしをそう呼んでいたこと」
間違われたことがあるのだ、と七重は正直に答えた。すぐに察した美生さんが詫びる。
「ごめんなさい。びっくりしたでしょう」
大丈夫です、と首を振った七重に、美生さんは泣き笑いの顔を向けた。
「つかまえた、だと思います。リーチくん、鬼ごっことかくれんぼうが、ごっちゃにな
っていて。かくれんぼうは『みーつけた』だよっていくら言っても、いつも腕を摑んで
『つーかまえた』ってやってたので」
十八年前、美生さんは田北さんには理解できない理由で突然消えた。
その消化できなかった思いが、六年後に七重を見かけて蘇ったのだ。
そうだったのか。
「いまのお話、聞けてよかったです」
七重の胸でわだかまっていたものが、すうっと消えた。

「今回はなんか、めぐりめぐって収まったような感じだね」

美生さんを送り出し、引違戸を閉めた七重は言った。

「アイがつないだ遺言だなぁ」と四寿雄は呑気だ。

「アイ？」

「ロボットだろう？　人工知能がついてるじゃないか」

「ＡＩのこと？」

というよりも、センサーと赤外線程度では、人工知能とは呼べない気がするのだが。

「アイだけに愛なんだよ」

薄ら寒いだじゃれを言って七重を凍えさせた四寿雄が、空を見上げた。

「田北さん。愛が美生ちゃんに届いたよ」

☆

「美晴ちゃん、いまいい？」

その夜、七重は美晴の部屋を訪ねた。

美晴は寝支度をしていたところだった。招き入れてもらった部屋のクッションに腰を下ろす。

「あのね。うちの表札のことなんだけれど」

怪訝な顔をした美晴に成り立ちを手短に説明し、参加してもらいたい旨を伝える。了承を得られたので、参加方法を打診した。ハートや星を貼るか、既存の文字を貼り替えるか、言葉を足すか。

ようは四寿雄が結論を出せなかったので、七重に丸投げしたのである。

「じゃあ、ハートで」

「いいの？」

「うん。表札を作った理由は九重くんに聞いてるから、貼り替えたくないの」

「わかった」

明日にでもホームセンターに行って、数種類を購入し、そこから選んでもらおう。

これで訪問理由のひとつは片付いた。残るはもうひとつ、難題の方である。

「クーがね、もう一度ベビー用品見に行こうって」

どう切り出したらいいかわからず、とにかくそう始めてみた。

さりげなく訊くなんて高等技術は、七重には無理である。

美晴はうつむいた。小さな声が漏れる。

「なんかいろいろ、無理みたいな気がしてきた」

「いろいろって？」と七重が訊くと、「いろいろ」と美晴が繰り返す。

出産のこと。その先にある子育てのこと。絶縁状態の実家のこと。どう答えればいいか、七重にはわからなかった。

大丈夫だよ。その言葉を、安易に使いたくない。

なぜなら、大丈夫なはずがないからだ。どうにかなるかもしれない。楽しめるかもしれない。けれど、困難ももれなくついてくるだろう。

人は変えられない、変われるのは自分だけだ。承子さんの言葉を引用するのも、説教臭くなりそうだった。自分からは言えないなぁ、と思う。

自分たちは美晴を大事に思っている。それを伝えても、意味はなさそうだった。美晴が求めているのは、原家族からの言葉なのだから。

継ぐ言葉を見つけられずに途方に暮れていると、美晴に謝られてしまった。

「気を遣わせちゃってごめんね」

「あっいや、あたしこそヘボだからわけわかんなくて」

「わかってるんだ、本当は」と美晴が投げやりな表情になった。「あのひとたちに期待したって無駄なんだって」

これまでに、幾度も裏切られてきた。そう言うようだった。

つらいね、と美晴が目を潤ませる。

「いらない子だって思い知らされるの。わたしのこと、なんで産んだんだろう」

出産が近づき、さらに思いが募ったようだ。

「昼間、田北さんの姪御さんが来てたでしょう？　話が聞こえて、悔しかった」

待合室の隅に、二階への階段がある。喋っていることは、ほぼ筒抜けといっていい。

「美生さんはご両親に守ってもらえて、田北さんは亀田さんが理解してくれて」

「美晴ちゃんには、力不足かも知れないけど、あたしたちがいるよ」

そう言うと、美晴ははっとしたようだった。身を縮めて詫びる。

「ごめんなさい、そんなつもりじゃ」

寂しさが言わせたのだと、七重にもわかっている。

「訊いてみる？」と美晴に訊いた。「美晴ちゃんのお父さんとお母さんに、直接」

丸い顔から血の気が引いた。

不用意な提案に、しまったと思った。美生さんの話を聞き、わだかまりが解けた自分のようにはいかないか。

どうしたら、美晴を元気づけられるだろう。どうしたら。

祈るような気持ちで言葉を捜していると、ドアにノックがあり、四寿雄が顔をのぞかせた。半身だけ部屋に差し入れて、手にしていた小さな茶封筒を渡す。

「郵便が来てたよ。大間好子《おおまよしこ》さんから」

「おばあちゃん！」

美晴が素早い身のこなしで封筒をひったくった。もどかしそうに封を切る。中に入っていたのは、ビニール袋に包まれたピンク色のものだった。神社のお守りだ。

安産祈願。

縫い取られた文字を見て、美晴がお守りを両手で握った。涙がぽろぽろこぼれる。

みぃちゃん。ばあちゃんはね、若いひいばあちゃんになるのを、楽しみにしてるよ。

同封のカードを読んだ七重は、目頭を熱くした。この言葉はきっと、美晴がなにより欲しかったものだ。

よかった。けれど好子さんは、誰にこのことを聞いたのだろう。娘である、美晴のお母さんから？　お母さんは愚痴を言ったのだろうか。それとも。

七重は、遠回しな応援だと信じたくてたまらなかった。

「うちのフーテンのじいちゃんも、楽しみにしてるぞぅ」

「シズオちゃん！」

雰囲気を台なしにしようとする長兄を、七重は部屋から引きずりだした。返す刀で九重の部屋に行き、弟を引っぱってくる。

「いきなり、なに？」

「いいから、いまは美晴ちゃんと一緒にいてあげて」

問答無用で、部屋に押し込んだ。

鼻息荒くドアを閉めると、四寿雄が感心する。

「なんだか、ナナはお母さんみたいだなぁ」

ひとが気にしていることを！

頭に血がのぼりかけたが、途中で「もういいや」と開き直る。

五年間、自分のことをそっちのけで家族の世話をしてきたら、そりゃあお母さんにもなるだろう。

「お姉さん、コーヒー飲みますか？」

階下で十遠が呼んでいる。

「飲む」と答えて階段を降りようとすると、四寿雄が言った。

「焦らずゆっくり、お嬢さんに戻っていいんだぞぅ」

心の奥を見透かされた気がして振り向いた。七重はまだ恋すら知らないのに、弟は父親になろうとしている。

「シズオちゃんこそ」

きょうだいとの暮らしにかまけ、彼女を二の次にしているくせに。

「んー、兄ちゃんかぁ？」

ニヤニヤした四寿雄は、無意味に威張りながら言った。

「兄ちゃんは永遠の少年だから、いいんだ」

「六郎くん、コーヒーは――と」

ポーズをつけた兄を無視して、ラインを送った。憮然とする四寿雄を置き去りに階段を降りると、十遠が笑いを嚙み殺していた。

解説

吉田伸子

あらゆる人間関係のなかで、もっとも濃密な関係、それが家族だ。子どもにとっての親は、大人になって自立するまでは、誰よりも一緒にいる時間が長い相手だし、親にとっては、子どもが生まれたその瞬間から、その成長の一つ一つを見てきている相手だ。だからこそ、お互いに双方の欠点や弱点が見えすぎるくらい見えてしまう。親と子だけではない。兄弟姉妹だってそうだ。一つ屋根の下、共有する時間が長ければ長いほど、お互いに対しての感情は、濃いものになっていく。

その濃い関係が、愛というプラスの作用に働く場合は幸いだ。というか、かつては、家族というのは、そのプラスの作用のみが語られがちだった。家族だから許すし、家族だから許される、と。血という絆は不可侵で、何より強いものであるのだと。

でも、本当にそうなのだろうか——。

そう、私たちはもう気づいている。気づかざるを得なくなっている。親が子を、子が親を手にかける事件のそのあまりの多さに、そんなのは異常だと、眉をひそめるだけでは済まなくなっている。特殊な事情の他所様《よそさま》のことだと、素知らぬふりでは済まなくなっているのだ。

家族という濃い関係ならではの、言っても許されることは、ある。けれど同時に、言ったら許されないことも、ある。他人なら許される余地があるかもしれないことが、家族なればこそ許されないことがあるのだ。家族を結びつけている愛は、薬にもなれば、毒にも、なる。

そういう背景を踏まえて、今、家族小説を描くことは、とても難しいことだと思うのだけど、そんな背景だからこそ、家族小説はあって欲しいと思う。様々な家族の、とりどりの関係を、あぁ、こういう家族もありなんだ、こんな関係も悪くない、と読み手の胸にすうっと入っていく、そんな家族小説があって欲しいと思うのだ。

本書は、そんな私の想いに応えてくれるかのようなシリーズ、『ザ・藤川家族カンパニー』の三作めである。「秘密の遺言」を代行する、遺言代行業を営む長男・四寿雄と、彼とともに暮らす弟妹たち（上から順に、五武、六郎、七重、八重、九重、十遠）の物語だ。まず、この設定がいい。四寿雄と五武は同じ母親だが、それ以外は、三つ子である七重、八重、九重を除けば、みんな母親が違うのである。理由は明白で、彼らの父親である三理が、結婚と離婚と再婚を繰り返したからである。要するに、父親が一緒なだけ、の兄弟なのだ（ただし、十遠だけは血の繋がりはない。十遠が藤川家の一員となるまでのドラマが、シリーズ一作めである)。

この三理がねぇ、普段は本当に頼りにならないのだ。「自然写真家兼ロマンス詩人」という、得体の知れない肩書きで活動しているだけあって、常に仕事で所在が定まらない。時折テレビに出たりする〝売れっ子〟ではあるから、兄弟たちの経済的なバックアップはきちんとしているものの(加えて、四寿雄は遺言代行業だけでは食べていけないので、便利屋を営んでいるし、五武は弁護士!)、所詮は浮き草稼業であることに変わりはない。自然が相手の仕事なだけに、僻地《へきち》をふらりふらりと渡り歩いているのだ。

とはいえ、だからといって藤川家には父性が欠けているかといえば、そうではなく、この三理、子どもたちへの名付けからも分かるように、ちゃんと愛情の筋が一本通っている。子どもたちからは「ダダ」と呼ばれ、その所業を呆《あき》れられつつも、愛されているのだ。このあたり、響野さんの細やかな設定の妙でもある。

本シリーズは四寿雄が代行する「秘密の遺言」にまつわるドラマを縦糸に、藤川家の異母兄弟たちのドラマを横糸に語られていくのだが、さらに一作ごとにそれぞれの物語を貫くドラマが加えられている。前述の通り、一作めは十遠が藤川家の一員となるまで、二作めは三理の母であり、異母兄弟たちには祖母にあたる「スナ」の遺言をめぐる謎と謎解きが描かれていた。そして、三作めの本書は……。読み手の興をそいではいけないので、詳しくは書きませんが、あっとおどろく、ちょっと衝撃的な展開になっている、とだけ。

前二作もそうなのだが、「秘密の遺言」を代行する上で露《あら》わになる、遺言の依頼人と依頼人をめぐる家族のドラマが浮き彫りになっていくのだが、こちらのドラマは〝今どき〟の家族の問題を扱っているのがいい。母娘の共依存、姉妹間の闇……。本書では、ママ友間のトラブルや、いわゆる〝毒親〟も登場。時代をきっちりと反映したテーマを織り込んであるのが巧い。

ここで、藤川家が異母兄弟で構成されている、という設定が生きてくる。これが、普通の兄弟ならば、代行をする依頼人（とその家族）の特異性だけが際立ってしまうのだけど、半分しか血が繋がっていないという藤川家だからこそ、依頼人の背後にある問題が、〝他人事《ひとごと》〟ではなく、藤川家にとっても、さらには読み手にとっても地続きのものとなっているのだ。その辺りの塩梅《あんばい》が本当にいい。

なかでも、藤川家でただ一人、母親を同じくする兄弟がいない六郎が、藤川家の爆弾のようになっているのが絶妙だ。七重たち三つ子は母親と死別しているのだが、六郎の場合、三理と離婚した母親が再婚し、新しい家庭を築いたため、〝余り者〟のように一人ぼっちになって、藤川家にやって来た、という事情がある。そのことで、母親と義父に対する鬱屈が、時々爆発するのだ。ま、要するにガキんちょなんです。拗《す》ねてるんですね。だから、辛辣な言葉を吐くし、兄弟たちにも毒づいたりする。でも、四寿雄や周りはそのことを分かっているから、やんわりとスルーする。

四寿雄と五武の実の母親で、七重が慕い、ことあるごとに相談をもちかける、承子のキャラもいい。「ママハハ」を自称する彼女は、長年水商売をしていることも相まって、人生の酸いも甘いも嚙《か》み分けているのだ。さばさばとした姐御肌《あねごはだ》で、七重に対して、きちんと本音で向き合う彼女の言葉は、前二作でも本当にかっこいいのだが、本書でも光っている。「一度折れても立ち上がれたら、次にへこんだ時もバネになったりするものなのよ」とか、「山も谷もあるのが人生で、善意と同じくらい悪意も溢れているから」とか。本書では、そんな彼女の、四寿雄と五武の母親としての意外な過去も、ちらりと明かされていて、それが彼女のキャラに深みを加え、より魅力的になっているのもいい。

もう一人、忘れてはいけないのは、藤川家兄弟の末っ子となった十遠だ。彼女だけ血の繋がりがないことはもちろんなのだが、実は彼女が生きてきた道は、六郎よりもずっとハードなものだった。だから、九歳という年に似合わないほど冷めている。家族という幻想の、最も遠いところにいるのが彼女なのだ。六郎に対する彼女の意見は、こうだ。「お兄ちゃんも、わかるといいのに。お母さんは思い通りにならない。だから自分で、自分の気持ちをどうにかするしかないんだ、って」。十遠がこんな心境に至るまでのことを思うと、胸がきゅっとするけれど、彼女のような苦労人のリアリストが藤川家にいることで、物語がぎゅっと締まったものになっているのである。

前述した衝撃の展開で、本作では藤川家に嵐が訪れるのだが、三作めにそういう展開を持ってくる、というのも心憎い。ともすれば安定しすぎて、緩みがちなシリーズものの緊張感が、ここに来ての展開で再度きりっとしたものになったことはもちろんだが、それが次作へと続くものになっている、というのがいいのだ（はっきり書けないのが辛い！）。

そうそう、本書では藤川家兄弟の前に、三理が姿を現します。風来坊のような、でもやっぱり藤川家にとっては要のような三理。美味《おい》しいとこ取りのような気がしないでもないけれど、でも、この三理がいるからこそ、たとえ物理的には離れていても、藤川家の兄弟たちは一つなのだ、ということがよく分かる。もしかしたら、親というのは、ずっとべったり傍にいるよりも、三理のようにここぞという時だけ、手を差し出せばいい存在なのかもしれない。

一作ごとに年を重ねていく藤川家兄弟。彼らがどんな風に年を重ねていくかが楽しみだ。個人的には、しっかりもので、藤川家のお母さん役を担って来た七重が、どんな初恋をするのか読んでみたいし、アラサー兄弟の四寿雄、五武の恋バナも読みたい。今後も、藤川ファミリーからは、目が離せません！

（よしだ・のぶこ　書評家）

本文デザイン／川谷デザイン

この作品は、集英社文庫のために書き下ろされました。

響野夏菜の本

ザ・藤川家族カンパニー

あなたのご遺言、代行いたします

「秘密の遺言」を死後に叶える「遺言代行業」を営む六人きょうだいの藤川家。おおらかすぎる長兄が受けた奇妙な依頼に大混乱で……。遺したい最後の想いを伝える、切なく感動の物語。

集英社文庫

響野夏菜の本

ザ・藤川家族カンパニー2

ブラック婆さんの涙

「遺言代行業」を営む藤川家七人きょうだい。そこに祖母のスナがやってきて、傍若無人に振舞う。そんなスナの遺言とは……? それぞれの秘めた思いを描くじんわりと感動の家族物語。

集英社文庫

集英社文庫

ザ・藤川家族《ふじかわかぞく》カンパニー3 漂流《ひょうりゅう》のうた

2015年8月25日 第1刷　　定価はカバーに表示してあります。

著　者　響野夏菜《ひびきのかな》

発行者　加藤　潤

発行所　株式会社 集英社

東京都千代田区一ツ橋2-5-10　〒101-8050

電話 【編集部】03-3230-6095

【読者係】03-3230-6080

【販売部】03-3230-6393(書店専用)

印　刷　凸版印刷株式会社

製　本　凸版印刷株式会社

フォーマットデザイン　アリヤマデザインストア　　マークデザイン　居山浩二

ISBN978-4-08-745354-6 C0193